ullstein

Das Buch

Ist es nicht komisch, dass Caffè-Latte-Gläser keine Henkel haben, obwohl sie sauheiß sind? Dass am Ende einer Kinovorstellung immer Leute sitzen bleiben, um sich jede Zeile des Abspanns reinzuziehen? Dass uns Damenbinden mit Flügeln und Shampoos mit »Fructis« angeboten werden? Muss man kochende Promis, Fielmann und Eisbärenbabys wirklich gut finden? Ist es normal, dass uns das Fernsehen allabendlich ein Heer an Auswanderern, Castingopfern und Erschossenen ins Wohnzimmer liefert?

Es gibt so viele Phänomene, Personen und Situationen in unserem Alltag, die es wert sind, mit Sorge betrachtet zu werden. Dieses einzigartige Lexikon der Gegenwart versammelt den ganzen wildwachsenden Unfug der Generation iPod.

Die Autoren

Oliver Kuhn, geboren 1972, ist Chefreporter beim *Playboy*-Magazin und Autor mehrerer erfolgreicher Bücher. Alexandra Reinwarth, geboren 1973, lebt als Produzentin in Barcelona. Axel Fröhlich, geboren 1968, arbeitet als freiberuflicher Werbetexter und lebt in Barcelona.

OLIVER KUHN
ALEXANDRA REINWARTH
AXEL FRÖHLICH

ARSCHGEWEIH

Das wahre Lexikon der Gegenwart

Ullstein

Besuchen Sie uns im Internet:
www.ullstein-taschenbuch.de

Umwelthinweis:
Dieses Buch wurde auf chlor- und säurefreiem Papier gedruckt.

Aktualisierte Ausgabe im Ullstein Taschenbuch
1. Auflage Juni 2008

Umschlaggestaltung: Hilden Design, München
(nach einer Vorlage von Büro Jorge Schmidt, München)
Satz: Pinkuin Satz und Datentechnik, Berlin
Gesetzt aus der Minion und der Scala Sans
Druck und Bindearbeiten: CPI – Ebner & Spiegel, Ulm
Printed in Germany
ISBN 978-3-548-37207-5

Vorwort

Vorwort? In der Bibel steht auch keines. War im Anfang etwa das Vorwort? Nein. Aber die Zeiten haben sich geändert und *Arschgeweih* wurde auch in weiß Gott mehr als sieben Tagen erschaffen. Heute kommt vor jedem großen Werk ein Vorwerk.

Also, *Arschgeweih*: Damit wir uns nicht missverstehen: Wir wollen hier nicht auf Proll-Kuriositäten einprügeln. Manch einer mag einwenden, der Titel ließe so etwas vermuten. Man tritt aber niemanden, der schon am Boden liegt. Wir versuchen diesem moralischen Bestreben zu folgen, indem wir auch Bildungsbürger mit Freitag-Taschen und Manufaktum-Kunden verarschen. Und natürlich uns selbst.

Es gibt so viele Gefühle, Personen, Phänomene und Situationen in unserem Alltag, die es wert sind, mit Sorge betrachtet zu werden. Etwa die Tatsache, dass am Ende einer Kinovorstellung immer ein paar Leute sitzen bleiben. Oder dass man von befreundeten Jungfamilien plötzlich Weihnachtsgrüße bekommt, wo alle blöde Nikolausmützen aufhaben. Oder dass *NEON*-Leser oft »eigentlich« sagen und Franz Ferdinand mögen.

Erinnern Sie die Ü-30-Partys auch an die *Titanic*, auf der das Orchester noch weiterspielte, während die Erste-Klasse-Passagiere schon in den Rettungsbooten saßen? Fragen Sie sich auch, ob der Agent Probleme mit seiner Spesenabrechnung bekommen hat, der für einen einzigen Mord drei Millionen Euro ausgegeben und eine radioaktive Spur durch ganz Europa gelegt hat? Sind wir nicht total dämlich, dass wir Tomaten und Clementinen kaufen, bloß weil ein grüner Strunk dranhängt, der uns vorgaukelt, sie kämen frisch vom Strauch? Wir halten uns für Kosmopoliten, weil wir mit einem nachsichtigen Schmunzeln Blicke tauschen, wenn im Flieger Leute nach der Landung klatschen, finden es aber vollkommen normal, dass uns das Fernsehen allabendlich per »CSI« 140 Pfund Gemischtes, Erschossenes und Angezündetes ins Wohnzimmer liefert.

Haben Sie sich auch schon gefragt, warum wir neuerdings Eisbären lieben und Nokia hassen müssen? Und ist es nicht komisch, dass Caffè-Latte-Gläser keine Henkel haben, obwohl sie sauheiß sind?

Wir verstehen uns.

Reaktionen und Pressestimmen

»Messerscharf beobachtet und phänomenal auf den Punkt gebracht. Hochkomplexe Gedankengänge sind in diesem Buch leicht wie Daunenfedern aufgeschrieben. Das beste und lustigste Buch des 21. Jahrhunderts.«
World's Mirror, New York

»Die Erben Bölls, Brechts und Berti Vogts'. Da sind die Deutschen wieder. Ganz große Literatur.«
Edition Readers' Pages, London

»War 'ne Scheiß-WM. Aber ein geiles Buch.«
Leesen van der Augen, Amsterdam

»Gott hat die Erde erschaffen, damit auf ihr Bäume wachsen. Er erschöpfte die Bäume, damit man aus ihnen Papier machen konnte. Und er ersann das Papier, damit eines Tages ein so vollkommenes Werk wie *Arschgeweih* darauf geschrieben werden konnte.«
Benedikt XXL

(*Arschgeweih* hat bereits weltweit für Aufsehen gesorgt und wird an den staatlichen Schulen der Mongolei und in weiten Teilen Nordamerikas im kommenden Jahr als Lehrmittel eingesetzt.)

A

Acne

Dieses schwedische Unternehmen ist derzeit die absolute Jeans-Trendmarke. Acne wurde zunächst als Werbeagentur gegründet, die unter anderem Puppen und Computerspiel-Charaktere entwarf. Die ersten Jeans waren eigentlich als Werbegeschenk gedacht, wurden aber schnell weltweit Kult. Der Name Acne ist ein Akronym, das für die Unternehmensphilosophie steht: »Ambition to Create Novel Expressions«.

Ich finde den Namen trotzdem nicht so schön. Hier noch ein paar weitere Namen, die sich aus meiner Sicht nicht für Trendmarken eignen:

Eczem
Sheise
Asch
Koze
Kicht
Golera
Süfillis
Tribber
Holokost

ADAC-Magazin

Damit bin ich groß geworden. Ich stamme aus keiner Bildungsbürgerfamilie. Bei mir daheim lag kein Stapel mit *Zeit-Magazinen* auf der Toilette und wir hatten auch keine Bibliothek im Wohnzimmer mit allen Klassikern mit Goldrand und der 86-bändigen *Encyclopaedia Britannica*. Mein Vater hat immer gesagt: »Wenn du unbedingt lesen willst, dann lies halt das *ADAC-Magazin*. Das kommt jeden Monat und kostet nichts.« Ich habe als junger Mensch sehr zurückgezogen gelebt, deshalb war das *ADAC-Magazin* mein einziger Kontakt zur Außenwelt.

Das hat mir eine eigenartige Vorstellung der Gesellschaft beschert. Angesichts der Kleinanzeigen im hinteren Teil des Magazins habe ich mich immer gefragt, was da draußen wohl für Menschen leben. Das große Thema unserer Gesellschaft, so dachte ich, sind Treppenlifte (mit denen man gemütlich das Treppenhaus hinaufschwebt), Gesundheitsschuhe (mit Mooseinlagen), Schuhe mit verborgenen Absätzen, mit denen man zehn Zentimeter größer wird, Schwimmkurse (»ohne Zuschauer«) für junge und jung gebliebene Menschen zwischen 70 und 80 Jahren, Fernkurse für alle Fächer und Sprachen, extrem seltene Münzen aus dem Vatikan, die für kostengünstige 19 Mark verkauft wurden.

Wie habe ich mich gefreut auf diese wunderbare Welt, die ich auf moosigen Gesundheitsschuhen durchschreiten wollte, bereit, mein Geld in wertvolle Münzen zu investieren und die getesteten Raststätten dieser Nation zu erforschen. Ein Leben ohne Tempolimit unter der seligen Obhut der Gelben Engel.

Adoptionstourismus

Es ist schlimm, wenn du in einem russischen Waisenhaus aufwächst. Ohne Schuhe. Ohne Heizung. Vielleicht sogar ohne Bett. Und wenn du gerade denkst, es geht nicht schlimmer, dann kommt ein schwuler Schlagersänger daher und nimmt dich einfach mit. Oder ein Bundeskanzler. Oder Madonna.

Das klingt jetzt vielleicht ein bisschen gemein, aber ich finde, wenn du ein Schwuler bist oder ein alter Sack oder ein hysterischer Popstar und du keine Zeit oder keine Eier oder keine Gebärmutter hast, dann kriegst du halt keine Kinder. Pech. Da musst du auch nicht in irgendwelche armen Länder fahren und deren Kinder mitnehmen.

Agentenmorde

Ich glaube, da hat ein Geheimagent in der ersten Klasse der Agentenschule beim Thema »Wie bringe ich andere Agenten um?« gefehlt. Es ist KEIN guter Mord, wenn man dafür Polonium 210 im Wert von drei Millionen Euro braucht und eine radioaktive Spur durch ganz Europa legt. Gibt es denn beim Geheimdienst keine Controller? Das muss doch einer gemerkt haben, dass da auf einer Kostenstelle tierisch Spesen auflaufen?

Mahmud Ahmadinedschad

Ahmadinedschad leugnet den Holocaust, fordert die Vernichtung aller Israelis und behauptet, der 11. September sei eine jüdische Verschwörung gewesen. Immerhin ist es ihm bislang nicht gelungen, dafür eine Zweidrittelmehrheit in der Vollversammlung der Vereinten Nationen zu bekommen. Ahmadinedschad braucht keine Angst vor den Amerikanern zu haben, weil die im Irak dermaßen den Arsch vollbekommen, egal, wie viele Soldaten sie noch in diesen Krieg für Öl schicken. Dieses Machtvakuum nutzt Ahmadinedschad, um sich ein paar schöne Atomwaffen zu bauen, damit die Amis irgendwann endlich mal was finden können.

Airbus A380

Ich finde es immer noch völlig unglaublich, dass Flugzeuge überhaupt fliegen können. Diese Riesendinger mit all dem Tomatensaft an Bord. Das ist doch ein Wunder der Technik, oder? Und jetzt bauen die von Airbus sogar ein Flugzeug, das ist so groß, damit kann man gleich zwei Hochhäuser auf einmal rammen.

Akkus

Die Handyindustrie glaubt, wir würden es nicht merken, dass die Handyakkus immer kürzer halten. Wir wollen keine Handys mit 12-Millionen-Pixel-Videokamera, 90-Gigabyte-Speicher und kindersarggroßem Flatscreen, bei dem der Akku nach einem Dreiminutentelefonat leer ist.

Alcopops

Viele Jahre lang hatte die Spirituosenindustrie große Probleme damit, Kinder an ihre Produkte heranzuführen. Gerade die kaufkräftige Gruppe der 9- bis 12-Jährigen hat sich oft schwergetan mit den Spirituosen: »Papa, der Whiskey brennt so im Rachen«, war eine typische Ausrede, wenn der kleine Lausebengel das Becherchen wieder mal nicht ausgetrunken hatte.

Dann hat endlich jemand die Alcopops erfunden. Die sind wirklich gut für Kinder, weil sie süß schmecken und nicht im Hals brennen. Die lustigen Schulhofpartys von Bacardi und Smirnoff in der großen Pause wurden der Renner. An diesem tollen Erfolg wollte natürlich bald auch die Politik teilhaben – und erdachte eine eigene Alcopops-Abgabe.

Alessi-Zitruspresse Philippe Starck

Ob er sich ins Fäustchen lacht, wenn wir mit zusammengekniffenen Augen versuchen, den Säurespritzern zu entgehen, während wir einen Saft in seiner beschissenen Zitruspresse pressen?

Allergiker

Altbewährte Allergien wie Heuschnupfen und Tierhaarallergien sind heute nicht mehr zeitgemäß. Alles unter Neurodermitis wird gar nicht ernst genommen. Anhänger loben den Trend, da Neurodermitiker immer ein offenes Ohr haben. Konservative Heuschnupfler haben versucht, mit Imagekampagnen wie »Ziehen Sie wie Hitler über Pollen her« zu altem Ruhm zurückzukehren, wurden aber von den Neurodermitikern mit einem kalten »Wen juckt's« abgeschmettert. Das Must-have der kommenden Saison sind übrigens Lebensmittelunverträglichkeiten.

Altbauwohnungen

»Nee, Neubau kommt für mich gar nicht in Frage. Ich hab schon immer in Altbauwohnungen gewohnt, das ist einfach eine Typsache. Gut, fließendes Wasser wäre schön, wenigstens kaltes, aber dafür sind die Decken in unserer Wohnung acht Meter hoch. Da ist es bestimmt schön warm, da oben. Es zieht natürlich ein bisschen durch die alten doppelscheibigen Sprossenfenster und durch die Tür, dafür spart man sich das Lüften und man hört den Verkehr besser. Eingebrochen wurde bei uns bis jetzt achtmal, die Tür hält nicht gar so viel aus, aber die ist noch echt Original! Und der Parkettboden – ein Traum. Wenn ich den Teppich einen Moment hochhebe, können Sie sich den ansehen. Leider mussten wir Teppich drüberlegen, weil der Nachbarin unter uns regelmäßig der Stuck von der Decke bröselte, wenn wir durch die Wohnung gingen. Ähm, und verlassen Sie das Treppenhaus am besten auf allen Vieren, Sie fallen sonst alle zwei Meter auf den Arsch, weil das Holz frisch gewachst ist.«

Alternative Touristenziele

Mir ist völlig unklar, warum es Leute gibt, die unbedingt dort hinfahren wollen, wo keine Touristen sind. Meiner Erfahrung nach gibt es ein paar triftige Gründe dafür, wenn die wo sind. Einen sauberen Strand zum Beispiel, oder eine architektonische Besonderheit. Oder eine schöne Landschaft. Natürlich könnte ich im gleichen Land auch Orte aufsuchen, wo kein Schwabe jemals gewesen ist. Das Industriegebiet etwa oder ein paar wirklich dunkle Gassen in abgelegenen Vierteln. Oder den Teil der Küste, wo die Abwasser ins Meer geleitet werden. Das riecht dann ein bisschen nach Abenteuer. Aber eben nicht sehr gut.

Always-Binden

Obwohl ich nicht in weißen Hosen reiten gehe oder mich ständig in einem weiten Rock so schnell um mich selbst drehe, dass man mein weißes Höschen sehen kann, benutzte ich trotzdem Always-Binden. Damit ist jetzt Schluss. Ich brauche keine doppelt geschwungenen Flexi-Flügel, ich bin ja kein Flugzeug.

Ich nehme an, dass bei der Entwicklung des neuen Always-Slogans keine Frau beteiligt war. Eine Frau weiß, dass die Regel uns in hysterische, heulende Monster verwandelt, die sich jeden Monat bemühen müssen, ihren Männern nicht die Kehle durchzubeißen, weil diese, sagen wir, die Petersilie vergessen haben. Eine Frau hätte nie im Leben auf eine Bindenpackung geschrieben: »Machen Sie sich schöne Tage.«

MACHEN SIE SICH SCHÖNE TAGE? Soll das ein Witz sein? Wie stellen die Marketing-Fuzzis von Always sich einen schönen Tag vor? Sich vor Krämpfen winden und literweise Blut verlieren?

Auf eine Bindenpackung gehören Sätze wie: »Legen Sie das Messer weg« oder »Es ist verboten, Männern die Eier abzuschneiden«. Gerade jetzt, während ich hier vor dem Computer sitze, merke ich dieses Ziehen im Rücken, das mir ankündigt, dass ich spätestens morgen intrauterin die Sau rauslasse. Liebe Always-Fuzzis, laufen Sie mir dann lieber nicht über den Weg!

amazon.de

Hallo, ich bin's, dein amazon.de, und ich weiß auch, wer du bist. Hast du nicht gerade eine Suchanfrage eingegeben? Ah ja: *Die Vermessung der Welt*. So jemand bist du also. Ich kenne dich genau: Du hast auch *Der Schatten des Windes* gelesen, richtig? Und fandest das Buch richtig gut. Nur den Schluss nicht so. Du hast auch *Der Schwarm* gelesen, das war in der Mitte ein bisschen langweilig, hm? Du hast mehr als einmal *Der weiße Neger Wumbaba* verschenkt und ein *Schotts Sammelsurium* im Regal. Ich wette, du besitzt mindestens eine Sportfreunde-Stiller-CD und findest Rotwein irgendwie besser als Bier. Du liegst lieber auf der linken Seite im Bett und hast eine Narbe am rechten Knie. Du träumst davon, mit einem Partner endlich mal an die Grenzen deiner erotischen Vorstellungskraft zu kommen. Ich weiß, du magst es nicht, dass ich dich besser kenne als dein eigener Partner. Du liegst vor mir wie ein offenes Buch. Macht es dir Angst, dass ich dich so gut einschätzen kann? Hopp, hopp zum Warenkorb, aber schnell!

American Spirit

Was ist eigentlich der »American Spirit«? Fremde Länder angreifen? Unschuldige ohne Rechtsgrundlage einsperren und foltern? Öko-Abkommen nicht unterzeichnen? Indianer ausrotten? Es ist ein Wunder, dass sich unter der Dachmarke »American Spirit« überhaupt noch was verkaufen lässt. Die neue Trendmarke der gesundheitsbewussten Raucher entstammt natürlich einem wunderbaren Marketingstreich: Die Kippen schmecken angeblich besonders rein, weil sie keine Zusatzstoffe enthalten. Was die wenigsten wissen: Auch viele der herkömmlichen Zigaretten enthalten keine Zusatzstoffe. American Spirit ist ungefähr so toll und neuartig wie ungesalzene Suppe. Aber die Raucher von American Spirit fühlen sich sehr indianisch, weil sie sich einbilden, der Tabak würde viel reiner und unverfälschter schmecken. Dabei ist er einfach nur relativ geschmacksarm. Aber bitte, wenn es dem Gesundheitswahn dient. Es lebe der Spirit der Amerikaner.

Amokläufer

Neben dem Revival der Farbe Olivgrün und Mützen für Männer sind Amokläufer der aktuelle Trend der Jugendszene. Eigenartige Außenseiter mit schwarzen Kapuzenpullis, die in ihren abgedunkelten Zimmern brutalen Killerspielen frönen und im Garten mit Opas alten Nazi-Waffen rumballern, tragen ihr Unverständnis darüber, dass sie von der Schule geflogen sind, immer öfter persönlich im Lehrerzimmer vor.

Anhalter

Wo sind eigentlich die ganzen Anhalter mit ihren Pappschildern hingekommen? Denen man an der Autobahnauffahrt immer so entschuldigende Blicke zugeworfen hat, weil man zwar jede Menge Platz hatte und auch genau in ihre Richtung fuhr, sie aber trotzdem nicht mitnahm, weil man keinen Bock auf ambitioniert-ökologische ungekämmte Muffel hatte?

Antiallergiker-Hunde

Der Labradoodle ist eine Mischung aus Labrador und Pudel. Er haart nicht und eignet sich deshalb besonders für Allergiker. Ich bin allerdings nicht gegen Hundehaare allergisch, sondern dagegen, dass Hunde dauernd so penetrant im Schritt schnüffeln und jeden Gehweg vollkacken.

Anti-Raucher-Terror

Es muss sich doch mal einer trauen und aufstehen und diesen beschissenen Nichtraucher-Arschlöchern ihre Grenzen aufzeigen. Ich habe viele meiner Freunde verloren, die auf zugigen Balkonen von Lungenentzündungen dahingerafft wurden. Die Medien trauen sich gar nicht, von all den ehemals glücklichen Tabakpflanzerfamilien zu berichten, die jetzt in freudlosen Aloe-Vera-Plantagen schuften müssen. Am schlimmsten ist die verlogene Passivraucherdebatte. Ich bin begeisterter Passivraucher. Angeblich sind 3300 Leute letztes Jahr an Passivrauchen gestorben. Die möchte ich mal sehen. »Wie geht's deiner Oma?« – »Och, die ist gestern an Passivrauchen gestorben. Ganz überraschend.«

Wenn ich heute mit dem Auto fahre, kann es passieren, dass ich jemanden über den Haufen fahre. Einen Passivfußgänger zum Beispiel. Jeden Tag fahren in Deutschland Hunderttausende mit überhöhter Geschwindigkeit, Alkohol im Blut oder total übermüdet durch unser Land, und töten Menschen. Und keiner stoppt sie. Aber das Rauchen in Bars wird verboten. Wie kann das sein?

Applausbäuerchen

Ich wähle meine Lektüre immer danach aus, wer sie gelobt hat. Ein kluges Applausbäuerchen von einem der Granden der Literaturkritik auf der letzten Seite, und ich kaufe das Buch. Ohne zu zögern. Lesen Sie hier, was andere über das Buch schrieben, das Sie gerade in Händen halten:

»Messerscharf beobachtet und phänomenal auf den Punkt gebracht. Hochkomplexe Gedankengänge sind in

diesem Buch leicht wie Daunenfedern aufgeschrieben. Das beste und lustigste Buch des 21. Jahrhunderts.«
World's Mirror, New York

»Die Erben Bölls, Brechts und Berti Vogts. Da sind die Deutschen wieder. Ganz große Literatur.«
Edition Readers' Pages, London

»War 'ne Scheiß-WM. Aber ein geiles Buch.«
Leesen van der Augen, Amsterdam

»Gott erschuf die Erde, damit auf ihr Bäume wachsen. Er erschöpfte die Bäume, damit man aus ihnen Papier machen konnte. Und er ersann das Papier, damit eines Tages ein so vollkommenes Werk wie *Arschgeweih* darauf geschrieben werden konnte.«
Benedikt XXL

»Ich halte den Stuhl meiner Show nur für die Autoren von *Arschgeweih* warm.«
Harald Schmidt

»Ich wünschte mir, Rudolf Augstein hätte dieses Buch noch lesen können.«
Stefan Aust, *Der Spiegel*

Aber es gab auch kritische Stimmen:

»Schon nach ein paar Seiten habe ich mir gewünscht, sofort zu erblinden und mein Gedächtnis zu verlieren.«
Elke Heidenreich

»Früher hätte ich so ein Buch verbrannt.«
Günter Grass

»Dieses Buch ist ungefähr so lustig, wie wenn sie ein Robbenbaby von seiner Mutter wegnehmen und mit einem Hammer erschlagen.«
Naturschutz-Wildlife-Magazin (Buchecke)

Arschbomben-WM

Das waren bestimmt Kreative. Die sind auf ihren Sitzbällen rumgesessen, haben gebrainstormt und plötzlich hat einer gesagt: »Hey Leute, wir machen eine Arschbomben-Weltmeisterschaft.« Da haben sich natürlich gleich alle Medien draufgestürzt, weil das so jung und frech und anders und verrückt ist, dass sich ein paar Vollidioten tierisch den Steiß prellen, wenn sie vom Sprungbrett aufs Wasser knallen. Vorgemacht hat das die Extrembügel-Weltmeisterschaft. Das war das gleiche Prinzip: Fünf Leute erfinden eine neue Sportart und veranstalten dann gleich Weltmeisterschaften. Bügeln auf dem Berg, bügeln unter Wasser, bügeln beim Fallschirmspringen.

Drei Millionen Deutsche laufen Marathon und keine Sau interessiert sich dafür. Aber wenn ein halbes Dutzend Kreative ihren blödsinnigen Bügelmist veranstalten, dann eilt die Weltpresse hin, um über dieses wunderbare Ereignis zu berichten. Was kommt als Nächstes: Die Furz-Olympiade? Die Pickelausdrück-WM? Die Champions-League der Arschgeweihträger? Egal, wir schicken jedenfalls ein Kamerateam!

Arschgeweih
Auch Körperkunst ist letztlich eine Spekulation. Eine Investition in die Ästhetik. Es ist wie jede Anlage: Wenn man Glück hat, steigt die Nachfrage und das Angebot bleibt klein, dann steigt der Wert. Wenn man Pech hat, haben alle das Gleiche und der Wert sinkt. Es hat einige Zeit gedauert, bis klar wurde, wie sich die Tätowierungen am Steiß entwickeln. Die geschwungenen Hörner überm Gesäß standen am Scheideweg: Geht es in Richtung Pocasso oder gen Arschgeweih? Heute wissen wir: Die Hörner wurden zum Unterschichtbekenntnis, zum Symbol des ästhetischen Niedergangs, zum Barcode der Verlierer, zum Gammelfleisch-Stempel. Auch ein schöner Rücken kann entzünden.

Aber keiner kann sich mehr erinnern, wann exakt das Arschgeweih uncool wurde. Wann war dieser teuflische Moment? Wann war die Arschgeweihnacht?

ARTE
Heute ist ARTE-Themenabend über hebräische Grußkartenfabrikanten. Erst eine 120-minütige Dokumentation über den Wandel der Grußkartenmotive im 17. Jahrhundert. Dann ein Stummfilm über eine Frau, die im Zug von Cannes nach Marseille fährt und anschließend wieder zurück und dann eine Karte darüber verfasst. Und zuletzt eine japanische Trilogie über Briefmarkenfetischisten. Ich kann heute Abend leider nicht. Aber wen es interessiert …

Auflaufkinder
Ich dachte erst, das sind Kinder, die gerne Auflauf mögen, als Unterscheidung zu Schnitzelkindern oder Pommes-

gören. Aber nein: Auflaufkinder sind die süßen kleinen Kinder, die an der Hand von Fußballspielern aufs Spielfeld laufen. Das Wort steht mittlerweile sogar im Duden. Aber ist dieses Händchen-haltend-aufs-Spielfeld-Gerenne nicht irgendwie total sinnlos?

Australien

In Australien gibt es keine schrecklichen Krankheiten, nur ein paar Handvoll Terroristen, der Einfluss der britischen Küche ist zurückgedrängt, das Wetter ist irgendwo auf dem Kontinent immer gut. Es gibt keine Holländer auf den Autobahnen. So gesehen ist Australien ein prima Reiseland – was soll man nach einer mehrwöchigen und sündhaft teuren Reise auch anderes sagen?

Abgesehen davon definiert sich Australien durch folgende drei Komponenten: schlechter Geschmack, giftiges Ungeziefer und unendliche Öde. Völlig unberührt von den soziokulturellen Segnungen der restlichen Welt hat sich in Australien, vielleicht dank der abgeschiedenen Insellage, eine proletarische Subkultur bewahrt, deren Markenzeichen rülpsende Männer mit halblangen Haaren sind, die schon in den frühen Nachmittagsstunden das erste halbe Dutzend Bierdosen vertilgt haben. In nahezu jedem Gebüsch lauern beißende und stechende Tiere, die über ungeahnte toxische Fähigkeiten verfügen. Besonders hervorzuheben sind die Taipan-Schlange (Schwellungen, Kreislaufkollaps, Tod), die Trichternetzspinne (Erbrechen, Bewusstlosigkeit), die Rotrückenspinne (Kopfschmerz, Übelkeit, Tod) und die Kegelschnecke (Muskellähmungen, Sprachstörungen, Tod). Dagegen ist selbst Afghanistan ein sicheres Pflaster.

Neben Spinnen und Schlangen sitzen allerdings auch

noch Polizisten mit Radarpistolen in den Büschen, die einen auf einsamsten Landstraßen mit der irrwitzigen Geschwindigkeitsbegrenzung von 100 km/h schikanieren. Während des Fahrens kann man sich übrigens prima über die örtliche Fauna informieren, die in großen Mengen totgefahren am Straßenrand zur Inspektion bereitliegt. Ich habe vier Dutzend Haufen mit Känguruinnereien gesehen, ein herumkullerndes Koalabärauge und ein Dingohinterteil. Grundsätzlich gilt: Ein Australienaufenthalt ist erst vorbei, wenn man mindestens ein Känguru überfahren hat.

Mit den touristischen Attraktionen in Australien verhält es sich wie mit homöopathischer Medizin: Sie sind so stark verdünnt, dass man sie kaum noch erspüren kann. Es gibt diesen roten Felsen in der Mitte des Landes, zu dem man Tausende Kilometer durch äußerst ereignislose Landstriche reisen muss. (Marketingmäßig ist den Australiern ein Geniestreich gelungen, indem sie das öde, staubige, dürre Hinterland mit der mystischen Bezeichnung »Outback« aufgewertet haben.)

Um die Kultur der Aborigines zu erspüren, habe ich eigens eine ihrer Kultstätten aufgesucht: Nach dem Anstieg durch einen glitschigen Regenwald erreichte ich eine in sämtlichen Reiseführern gepriesene Höhle, in der Aborigines zwei urzeitliche Tennisschläger und einen offenbar behinderten Ochsen lieblos an die Wand gepinselt hatten. Das war wirklich ein sehr bewegendes Erlebnis. Vor allem, weil der gemeine Aborigine, so sagt man, arbeitslos sei und den ganzen Tag betrunken vor dem Fernseher sitze. Es sei leichter, einen wachen Koalabären zu beobachten als einen nüchternen Aborigine. Manche behaupten gar, Aborigines seien die Ossis der Aussis.

Musikalisch hat man sich in Australien vorbildlich

auf das Wesentliche konzentriert: Das Nationalinstrument ist eine Holzröhre, mit der man genau einen Ton lauwarmer Luft blasen kann. Damit ist das Didgeridoo ein schönes Sinnbild meiner Australien-Reise: Man muss einen überdurchschnittlich großen Aufwand betreiben, um ein relativ überschaubares Ergebnis zu erhalten. Zur Wiederbelebung der wunderbaren Ureinwohnerkultur gibt es unzählige Hippietouristen, die extra anreisen, um stundenlang in Holzrohre zu blasen und dabei Geräusche zu erzeugen, die an erektionsgestörtes Rotwild erinnern.

Mein anderes Sinnbild für Australien ist der Bumerang. Meiner ist nicht zurückgekommen. Und ich werde auch nicht zurückkommen.

Auswanderungssendungen

»Mein Neues Leben«, »Mein neues Leben XXL«, »Die Auswanderer«, »Deutschland ade«, »Umzug in ein neues Leben«, »Lebe deinen Traum«, »Goodbye Deutschland« und das konservative ZDF mit »Kanada, oh Kanada« …

Deutschland ist inzwischen einmal komplett ausgewandert. Vom Sofa aus. Ja, das geht. Das geht sogar hervorragend, denn das ist der beste Platz, um alle Peinlichkeiten der Auswanderer genau zu verfolgen. Es gibt doch nicht Schöneres, als Leute zu beobachten, die in einem Land, dessen Sprache sie nicht sprechen, keinen Job kriegen und im Supermercado verzweifelt nach Crème fraîche suchen. Da kann man es sich mit der Schadenfreude recht gemütlich machen und das Sofa in der ollen Wohnung in Unterasbach doch wieder ganz gut finden.

Automatische Auswahlmenüs im Telefon

Sagen wir, wie es ist. Man will nicht mit einer Maschine sprechen. Man kommt sich blöd und lächerlich vor. Niemand kann mit Würde folgende Konversation überstehen:

»Wenn Sie mit jemandem sprechen wollen, sagen Sie EINS.«

»Eins.«

»Meinten Sie --- drei? Wenn ja, sagen Sie JA.«

»NEIN.«

»Gut, wir leiten Sie weiter in Abteilung DREI.«

Dann folgt eine zweistündige Wiederholung des Hits »Für Elise«.

In der Wartezeit habe ich mir folgendes Auswahlmenü für die Telefonseelsorge ausgedacht:

- Wenn Sie zwanghaft oder besessen sind, drücken Sie ohne Unterbrechung die 1.
- Haben Sie eine multiple Persönlichkeit, drücken Sie die 2, 3, 4 und 5.
- Sind Sie paranoid? Wir wissen längst schon, wer Sie sind und was Sie wollen. Sie brauchen keine Taste zu drücken.
- Falls Sie an Halluzinationen leiden, drücken Sie die 6 auf dem bunten Riesentelefon auf Ihrem Balkon.
- Sind Sie depressiv? Es ist völlig egal, welche Taste Sie drücken, es hilft Ihnen nichts aus Ihrer beschissenen Situation.
- Haben Sie Probleme mit dem Kurzzeitgedächtnis, drücken Sie bitte die 8.
- Haben Sie Probleme mit dem Kurzzeitgedächtnis, drücken Sie bitte die 8.
- Haben Sie Probleme mit dem Kurzzeitgedächtnis, drücken Sie bitte die 8.

– Anrufer mit Minderwertigkeitsgefühlen, legen Sie bitte auf, unsere Leitungen sind im Moment von wichtigeren Leuten besetzt.

B

Babynamen von Prominenten

Stars neigen aus bislang wissenschaftlich nicht untersuchten Gründen dazu, ihren Kindern total beschissene Vornamen zu geben. Frank Zappa nannte seine Kinder Moon Unit, Dweezil, Ahmet Emuukha Rodan und Diva, Sylvester Stallone sein Baby Moonblood, Julia Roberts nannte ihre Zwillinge Phinnaeus und Hazel, Angelina Jolie und Brad Pritt ihre Tochter (oder war es ein Sohn?) Shiloh-Nouvel, Katie Holmes und → Tom Cruise ihr Kind hingegen Suri. Warum nur?

Vielleicht haben sie gelernt, wie wichtig eine globale Marke ist, und wollen ihren Kindern schon mal mit einem unverwechselbaren Namen helfen. Vielleicht ahnen sie, welch beschissenes Leben das vernachlässigte Starkind erwartet, da hilft es, wenn sie vom ewigen Spott im Kindergarten schon etwas abgehärtet sind. Oder sie finden es einfach zu profan, ihr Wunderkind Thomas oder Anna zu nennen, wenn die Boulevardpresse hundert Millionen Dollar für das erste Bild des Babys bietet. Es könnte natürlich auch an regelmäßigem lebenslangem Drogenkonsum liegen. Oder an den Schönheitsoperationen. Womöglich wird bei den häufigen Botox-Behandlungen ein kleiner Bereich im Hirn gelähmt, der für die Wahl von vernünftigen Namen verantwortlich ist. Was auch immer – wäre jedenfalls ein interessantes Forschungsprojekt.

Badefigur
Der Winter war lang. So lang. Es ist unglaublich, wie sich ein Körper in ein paar Monaten verändern kann. Wer in Gottes Namen soll jemals so in eine öffentliche Badeanstalt gehen? Der Frühling ist eine wunderbare Jahreszeit, wäre da nicht der Sommer mit all seinen Seen und Stränden und Bädern.

Für Männer ist die Situation besonders schwierig. Ich habe mir gleich drei Ausgaben von *Fit For Fun* und *Men's Health* gekauft mit all den Geheimnissen des perfekten Waschbrettbauchs, des Bizeps und der Deltamuskulatur. Geholfen hat es nix.

Baggy-Style
Früher hatten Männer noch Ärsche. Was sage ich: Knackärsche! Wir haben uns die ultraengen Jeans in der Badewanne angezogen, damit der Steiß bestens zur Geltung kam. Dann kam die Entarschung. Polose Polonaise. Hinterm Hintern herrscht tote Hose. Das Beinkleid sinkt wie einst die Titanic. Rette sich, wer kann!

Bahn-Ticket-Automaten
Bis ich es geschafft habe, auf dem berührungsempfindlichen Bildschirm das richtige Ticket aus Abermilliarden unterschiedlicher Tarifvariationen anzutippen, ist der Zug weg. Na ja, nicht immer. Meistens hat er ja genügend Verspätung.

Bang & Olufsen

Klingt wie ein Amsterdamer Coffeeshop. Ist aber eine Designer-Elektromarke. Bang & Olufsen ist das Gegenteil von Medion. Während man bei Medion wahnsinnig viel fürs Geld bekommt und dafür gewisse Defizite beim Design verkraften muss, muss man bei Bang & Olufsen wahnsinnig viel Kohle hinlegen und dafür gewisse Defizite in der Haushaltskasse verkraften.

Bär Bruno

Bruno war mehr als nur ein Bär. Er war der letzte Freiheitskämpfer. Er war der Einzige, der es geschafft hat, den engen Maschen des Staates zu entkommen. Er ließ sich von den finnischen Jägern und ihren Bluthunden nicht schnappen. Er war unberechenbar. Er hat sich einfach genommen, was er brauchte. Er war der letzte Anarchist der Moderne. Durch seine gelebte Freiheit bewegte er in den Köpfen der Menschen mehr als die RAF und Karl Marx zusammen. Er war der Mahatma Gandhi der Wälder, der unbeirrt von den staatlichen Zwängen seinen Weg ging. Er lebte rein vegetarisch und tötete nur zum Vergnügen. Mit dieser Haltung spiegelte er auf eine wunderbare Weise sowohl die hedonistische Strömung in der Bevölkerung wider, wie er auch die Gesundheitsbewegung in seinen Lebensplot integrierte. Bär Bruno, der bayerische JJ Guevara, wurde wie alle großen Freiheitskämpfer erschossen.

Bauchfreie Tops

Das Erstaunliche an bauchfreien Tops ist, wie viele Frauen die anziehen, obwohl sie sich ganz offensichtlich unwohl darin fühlen. Die zupfen dann auf der Straße am unteren Rand ihres Tops herum oder beugen sich beim Sitzen im Café leicht nach vorne, damit dann doch ein bisschen Stoff überm Bauch hängt.

Baumarkt-TV

Nicht hinschauen. Den Blick starr auf den Boden richten und versuchen, die Schlagbohrmaschine in den Einkaufswagen zu legen, ohne auf einen der Bildschirme zu blicken. Denn neuerdings hängen auch in Bau-, Super- und Drogeriemärkten Mattscheiben, auf denen Produktanpreisungsfilmchen auf einem Niveau weit jenseits der menschlichen Vorstellungskraft laufen. Grobmotorische Schauspieler-Imitatoren, denen mit der angepriesenen Schlagbohrmaschine in den Hinterkopf gebohrt gehört, rühmen ihren überteuerten Tand über den grünen Klee. Der intellektuelle Anspruch dieser Werbestreifen lässt sich allenfalls rechnerisch anhand folgender Kalkulation ermitteln: Neun live minus RTL 2 minus Cherno Jobatey geteilt durch Jessica Stockmann. Nicht hinschauen. Bitte nicht hinschauen.

Beamtendeutsch

1. Arbeitet in einem Unternehmen nur eine Person, so kann auf schriftlichen Antrag auf die Geschlechtertrennung der Toiletten verzichtet werden.
2. Joghurt im Sinne der EU-Verordnung über Molkereiprodukte und Milchwaren ist dann ein Joghurt, wenn

alle Merkmale gemäß § 4.1 der Joghurt- und Quarkverordnung (Merkmale des Joghurts unter Ausschluss der Magermilch) zutreffen.
3. Als Neujahr gilt hiermit der erste Januar jedes Jahres als festgelegt.
4. Die Regelung gilt bis auf weiteres.
5. Dieser Satz bleibt Eigentum der Bundesrepublik Deutschland und ist bei Bedarf der zuständigen Stelle auszuhändigen.

Ben Becker

Während einer Talkshow hat Clint Eastwood mal an seine Hemdtasche unten hingeschnippt und ihm kam die Kippe aus dem Softpack direkt in den Mund geflogen. Ohne hinzugucken! Wer so etwas kann, ist anbetungswürdig.

Was man von Ben Becker nicht behaupten kann.

Behindertenparkplätze

Haben wir uns nicht alle schon mal gewünscht, behindert zu sein? Körperlich und schwer? Nämlich dann, wenn wir unser Auto gefühlte zwölf Kilometer von der Haustür abstellen müssen oder einen Termin verhauen, weil wir die 90 Minuten Parkplatzsuche nicht eingerechnet haben? Ich unterstelle, dass es allein im Großraum München um ein Hundertfaches mehr Behindertenparkplätze gibt als Behinderte mit Kraftwagen. Es gibt sogar welche vor Schlittschuhhallen! Das grenzt doch an Verhohnepipelung! Wann kommt endlich die Schlagzeile »Deutschland verhöhnt Nichtbehinderte!«?

BenQ

Deutsche Arbeiter bauten deutsche Mobiltelefone. Das war wunderbar: 28-Stunden-Woche, drei Monate Urlaub. Der Betriebsrat hatte einen eigenen Puff. Überall lungerten Leute rum, die seit 48 Jahren bei Siemens herumsandeln, andere waren seit Jahrzehnten krankgeschrieben. Nur die Handys waren leider nicht konkurrenzfähig, weshalb der Siemens-Chef den ganzen Schuppen an die erstbesten Taiwanesen verschenkt und sogar noch ein paar Hundert Millionen Euro draufgelegt hat. Die Taiwanesen von BenQ freuten sich über die Kohle, klauten die Patente und sperrten den Scheißladen so schnell wie möglich zu.

So weit alles prima. Nur haben die beiden die Rechnung ohne unsere Politiker gemacht. Die Berufsdemagogen und christlich-sozialen Extrempopulisten fordern nämlich, dass Siemens die unfähigen Handyschrauber wieder zurücknimmt oder wenigstens mit einer halben Million pro Person abfindet. Und die Leute von BenQ sollen sich auch endlich entschuldigen!

Aus diesem Grund habe ich beschlossen, dass ich mir aus Protest drei Jahre lang keinen neuen BenQ-Plasmafernseher mehr kaufen werde, und hoffe, dass Taiwan beim nächsten Tsunami absäuft.

Benzinpreise

Können Sie sich noch erinnern, als wir mal zwei Tage lang nicht bei Shell getankt haben, weil die eine alte Ölplattform versenkt haben? Haha, das waren noch tolle Zeiten. Da ist man noch gerne zur Tankstelle gefahren. Aber jetzt macht das keinen Spaß mehr. 126 Euro für eine Tankfüllung, dabei bin ich mit meinem Mercedes CL 600 nur einmal zum Golfen nach Starnberg gefahren. Wer kann sich das denn heutzutage noch leisten? Ich schon. Aber was ist mit den Kleinwagenfahrern? Wann verpissen die sich endlich von den Straßen?

BHs

Ich sag nur: Schaumstoffeinlagen. Es gibt fast nur noch BHs mit Schaumstoffeinlagen. Deswegen sehen alle Brüste komplett gleich aus. Als hätten sie sich alle zwei Knieschoner unter den Pulli geschoben. Da kann praktisch alles drunter sein.

Biermixgetränke

Hopfen. Malz. Wasser. Mehr darf nicht ins Bier. Das ist ein Dogma der Tradition. Leider wird das Reinheitsgebot mit den Füßen des Zeitgeists getreten. Bier wird gepanscht. Bier wird verfälscht. Bier wird an Szeneluder verkauft. Heutzutage ist Bier oft so rein wie das Gewissen von Sepp Blatter. So rein wie die Haut, wenn man Kosmetik von Uschi Glas verwendet. So rein wie das Wasser des Ganges.

Liebe Bier-mit-Cranberry-Cola-Lemon-Johannisbeerschorle-Tomaten-Omelett-Mixer: Wenn euch Weicheiern echtes Bier zu bitter ist, dann trinkt doch bitte was anderes!

Bier-Partyfässer

Welch grauenhafter Trend. Man versaut sich den Küchenboden, weil der größte Teil des Biers aus dem Hahn suppt. Die ersten 18 Gläser bestehen nur aus Schaum. Der Rest ist schal. Aber so ein Fass ist trotzdem etwas anderes als eine Flasche. Es fühlt sich an, als hätte man das Bier selber gejagt. Erlegt wie ein tapferer Weidmann. Ich würde mir wünschen, dass das Fässchen sich ein bisschen wehren würde.

Billigvorwahlnummern
Wenn ich die Zeit, die ich damit verbracht habe, Billigvorwahlnummern aus endlosen Listen der Tageszeitung rauszusuchen, mit Arbeit verbracht hätte, könnte mir meine Telefonrechnung so was von egal sein.

Biofleisch
Für ökologisch ambitionierte Menschen ist es sehr wichtig, dass die Tiere ein glückliches Leben hatten, bevor sie zum Schlachter kommen. Warum eigentlich? Ich kann nicht verstehen, warum die Kühe bis zu dem Moment, in dem sie geschlachtet werden, möglichst glücklich sein sollen. Der optimale Zustand für die Schlachtung ist meiner Meinung nach die Depression. Was gibt es Schlimmeres, als zufriedene Tiere aus ihrem Leben zu reißen? Die Kühe sollten sich den Tod wünschen. Sie sollten freiwillig in die Bolzenschießanlage rennen. Ich finde, in der Landwirtschaft muss endlich tabulos darüber diskutiert werden, wie man Tiere am besten in die Verzweiflung treiben kann. Man könnte zum Beispiel besonders intrigante und hinterfotzige Mobbing-Kühe züchten, die ihre Artgenossen beim Bauern anschwärzen und so den Leistungsdruck erhöhen. Tierischer Stress! Weiden nur noch neben Flugplätzen und Autobahnen, stündliche Pitbullhetze, genmanipulierte Riesenfliegen!

Bionade
Was für eine Marktlücke. Es gab nie einen politisch korrekten Softdrink. Nur die Kapitalistenplörre von Coke und Pepsi. Die globalen Getränkekonzerne schreckten nicht zurück, unsere Umwelt hemmungslos für ihre Limonadenmonopole auszubeuten. Weite Teile der brasilianischen Cola-Wälder wurden einfach abgeholzt. Minderjährige Kinder müssen in Indien in staubigen Spezi-Plantagen schuften. Der schwarze Fanta ist weltweit praktisch ausgestorben. Da wurde es höchste Zeit für Bionade. Ein Deutscher kam auf die Idee, eine Limonade zu entwickeln, die nicht nur gut schmeckt, sondern auch gut ist. Der Bionade-Holunder wird von barfüßigen Bio-Nonnen im Sauerland fußgepflückt. Nur so kann die hohe Qualität der Zutaten sichergestellt werden. Bionade ist längst nicht mehr nur ein Getränk, sondern ein Signal für gesellschaftliches Verantwortungsbewusstsein. Im Himmel steht kein Cola-Automat.

BlackBerry
Das ist die Technik, die es Leuten unter anderem ermöglicht, per Handy Mails zu schicken und zu empfangen. Obwohl man zuvor eine Antwortmail bekommen hat, dass sie gerade nicht im Büro sind. Eigentlich eine tolle Sache, die aber leider nicht viel nützt, weil die Herrschaften die Informationen, die man von ihnen bräuchte, im Büro auf dem Schreibtisch liegenlassen haben. Als ich das erste Mal eine Mail bekam, unter der stand: »This message was sent by a BlackBerry«, habe ich mich noch ahnungslos über den unerwarteten Witz gefreut und meine Mails mit »Auch diese Nachricht wurde von einer Brombeere gesendet« unterschrieben.

Richard Blackwell
Das ist die Dumpfbacke, die jedes Jahr die Top Ten der schlimmsten Stilsünderinnen herausgibt. Da schreibt er dann, dass Renée Zellweger aussieht wie ein »bemalter Kürbis«, Paris Hilton wie ein »Käsekuchen von gestern« und Camilla Parker-Bowles wie ein Papagei aus dem fernen Zeitalter der Dinosaurier. Ist das nicht total gemein? Was hat der Typ für ein Problem in seiner Kindheit gehabt, dass er sich so negativen Dingen zuwendet? Was sind das nur für grauenhafte Vollidioten, die sich daran laben, wie beschissen andere Leute aussehen? Das ist total charakterlos. Außerdem sieht Renée Zellweger eher aus wie eine bemalte Guave, Paris Hilton wie dosenprosecco-trinkende Pornotupperware und Camilla Parker-Bowles wie eine explodierte Klobürste aus einem Adelszoo für Paarhufer.

Blaine
Blaine ist der neue Freund von Barbie. Nach 43 Jahren hat Barbie ihren metrosexuellen Lover Ken einfach rausgeworfen. Der Nachfolger ist so ein schmieriger schwanzloser, kalifornischer Surfer, der am liebsten Pizza isst. Das zeigt natürlich einen klaren Beziehungstrend: Immer mehr Frauen suchen sich jüngere Typen. Ken kehrte nach zwei Jahren Midlife-Crisis auch wieder zurück. Er trägt jetzt längeres Haar, Cargohose und eine schwarze Lederjacke. Er fährt jetzt Motorrad, hört James Blunt, kocht und interessiert sich für Buddhismus. Männer, lasst uns versuchen, dass wir nicht eines Tages so beschissen enden wie Ken.

Blume des Jahres

Das Wiesenschaumkraut wurde vom Naturschutzbund zur Blume des Jahres 2006 gewählt. Wir gratulieren. Hier exklusiv die feierliche Dankesrede des Geehrten:

»Vielen Dank für diese tolle Auszeichnung. Ich möchte mich bei allen bedanken, die mir geholfen haben, ein Wiesenschaumkraut zu werden. Da ist zum einen die Erde, die mich mit Nährstoffen versorgt hat. Besonderen Dank freilich auch an die Sonne und das Wasser, ohne die ich mich nie so entfalten hätte können. Ich danke meinen Eltern und der Biene, die die Blüten befruchtet hat. (W. kämpft mit den Tränen.) Dann ist da natürlich die Wiese, ohne die ich ein gewöhnliches Schaumkraut geworden wäre. Ich liebe euch alle.«

Dieter Bohlen

Es ist wirklich niemandem zu wünschen, in eine derart hässliche Einbruchsituation zu geraten. Besonders nicht bei Dieter Bohlen. Ich hoffe wirklich, sie schnappen die Täter. Da lässt sich doch ein 1A-Fernsehformat draus machen: »Deutschland sucht die Supertäter!«

Aber auch wenn sie die bösen Räuber kriegen. Die Beute ist wohl futsch. Die Täter werden nichts verraten. Sonst wären sie die Ersten, denen Bohlen das Singen beibringt.

Bomben aus dem Internet

Ist eigentlich schon mal jemandem aufgefallen, dass die Bomben, die irgendwelche Hobbyterroristen nach Anleitungen aus dem Internet basteln, nie hochgehen? Werden die alle von www.rohrkrepierer.de runtergeladen?

James Bond

Was ich nicht mehr so lustig finde, sind Witze und Wortspiele, die irgendwie die Thematik »gerührt« oder »geschüttelt« tangieren.

Bordshop

Verwirrend beim Fliegen finde ich nicht etwaige Turbulenzen, tuntige Stewards oder Pilotinnen, sondern den Bordshop. Weil es nichts Sinnloseres zwischen Himmel und Erde gibt als eben diesen: Er ist nicht besonders günstig, bietet ein onkeliges Sortiment an Parfums, hässlichem Modeschmuck oder Pralinen, die wiederum als Mitbringsel absolut ungeeignet sind. Da wird denen daheim doch sofort klar, dass man erst im allerletzten Moment an sie gedacht hat. (»Liebling, wie war deine Reise? Schön, dass du extra für mich aus Paris eine Air-Berlin-Mütze mitgebracht hast. Du Arschnase.«)

Boulevard-Stereotypen

Weite Teile der Berichterstattung in den Boulevardmedien dienen nur der Festigung von Stereotypen. Nichts, was wir nicht schon wüssten. Varianten der immer gleichen Geschichte. Medienrülpser.

Britney Spears ist doof, fett (Jojo-Gewichtsproblematik), ungepflegt, hat Pech mit Männern und fährt dauernd besoffen, kotzend oder höschenlos durch die Gegend.

Paris Hilton – so wie Britney Spears, nur irgendwie nicht ganz so dämlich und geschäftstüchtiger.

Dieter Bohlen: Erlebt extrem viel: wechselnde Frauen, ausgeraubt, Streit mit anderen Promis. (Ist eigentlich schon mal jemandem aufgefallen, dass → Bohlen auf den inszenierten Bildern immer grinst, als wäre er eine Handpuppe für Zahnputztraining?)

KATE MOSS: Bewundernswert cooler Hungerhaken. Trotz all der Skandale immer noch so erfolgreich. Wie macht die das nur? Dafür wenigstens Pech mit ihrem Ex-Mann Pete Doherty.

FÜRSTIN GLORIA VON THURN UND TAXIS: Ex-schrille-Nudel, aber irgendwie toll, wie sie das Schicksal gemeistert hat mit drei Kindern. Etwas naiv (»Die Neger schnaxln halt gern.«). Sohn Albert trägt neuerdings Pornoschnauzer.

USCHI GLAS: So tapfer, so natürlich, so volksnah. Wie wunderbar, dass ihr das Leben noch eine zweite Chance gegeben hat. Dramatisches Potential durch Flegelsohn Benjamin und Arglosigkeit (furchterregende Max-Bikini-Bilder, dubiose Kosmetika, Würstchenbuden-Konkurrentin).

Luder (TATJANA GSELL, KADER LOTH, DJAMILA ROWE): Publicitygeile Weiber, die bei fast jeder Boulevardgeschichte mitmachen (die bei Bedarf mit erotischen Bildern illustriert werden kann), auch wenn sie jedes Mal aufs Neue verarscht werden.

Schöne, aber erfolglose (Ex-)Sportlerinnen (ANNA KURNIKOWA, SINA SCHIELCKE, TANJA BRESZIANKSOWSKIANA – oder wie hieß die gleich?).

»Sie sind soooo glücklich und soooo verliebt, er hält ihr Händchen, sie spazieren Arm in Arm durch die Stadt. Er füttert die Kleine, sie blickt ihm tief in die Augen.« (HEIDI KLUM & SEAL)

Frauen, von denen man gar nicht mehr weiß, warum sie überhaupt in den Medien sind (JESSICA STOCKMANN, JENNY ELVERS-ELBERTZHAGEN).

Peinliche Adelsdödel (Foffi, Schaumburg-Lippe, Ernst August von Hannover, Frederic von Anhalt & der eine Anhalt mit der dicken Brille, der ein bisschen zurückgeblieben aussieht).

Zickige Naivität in Rosarot: Cora Schumacher.

Unterbeschäftigte Exsportler, die in ihrer Einfalt immer für eine Geschichte gut sind (Boris Becker, Lothar Matthäus, Mario Basler, Udo Lattek, Paul Breitner).

Dem Alter trotzende Weiber, denen das Jungbrunnengeheimnis nicht zu entlocken ist (Iris Berben, Hannelore Elsner, → Sabine Christiansen).

Daniel Brühl

Wenn der deutsche Film für seine tristen Filme mit verregnetem Ende schon einen neuen Star aus der Wiege hebt, dann muss es aber auch ein blasser, verregneter Typ sein. Da sind die konsequent.

Bücher, die wir nicht mehr geschenkt kriegen wollen:

– *Der weiße Neger Wumbaba*
– Kochbücher von → Jamie Oliver und Tim Mälzer
– *Der Dativ ist dem Genitiv sein Tod*
– *Guinness Buch der Rekorde (Guinness World Records)*
– *Schotts Sammelsurium*
– *Ich bin dann mal weg*
– Alles von Uli Stein

Buchmesse
Warum gibt es außer *Arschgeweih* noch andere Bücher? Warum so viele? Warum täglich neue? Und wieso laufen jedes Jahr hordenweise Bildungsbürger auf die Frankfurter Buchmesse, um sich diese Waldvernichtungslawine anzusehen – und dann doch nur wie Wanderbaustellen herumzugurken, die Gänge zu versperren und haufenweise Prospekte, Kugelschreiber und stibitzte Raffaellos in ihre beschissenen überdimensionierten gelben Antiquariatstüten zu stopfen?

Bulimie
Ich finde die Diskussion um magersüchtige Frauen wirklich zum Kotzen. Die Modelbranche entwickelt sich immer mehr zum organisierten Erbrechen. Der Pate → Karl Lagerfeld sagt aber auch nicht ganz zu Unrecht: »Problematisch sind doch eher die dicken Leute.«

Bundesflagge
Noch im Jahre 2005 durfte allenfalls der deutsche Bundespräsident eine deutsche Flagge an seiner Limousine haben. Pünktlich zur Weltmeisterschaft rüsteten dann fünf Millionen Patrioten bei deutschen Tankstellen ihre Fahrzeuge mit den Insignien der Diplomatie auf. Deutschland war endlich wieder stolz auf seine Flagge. Bundesinnenminister Wolfgang Schäuble überlegte sogar, ob er eine Bundesflagge an seinem Rollstuhl befestigen sollte. Mit Rücksicht auf die vorgeschriebene Neutralität von Polizeiautos verzichtete er darauf. Schließlich sei er oberster Dienstherr der Polizei und sein Rolli damit »ein Polizeifahrzeug im erweiterten Sinn«. Darf der dann in seinem Rollstuhl auch mit Blaulicht über rote Ampeln fahren?

Bundespräsidenten

Ein grauenhaftes Amt. Der Grußaugust der Deutschen. Der Bundespräsident muss Glückwunschtelegramme schicken und Ehrungen vornehmen. Er muss Ansprachen halten und Staatsgäste empfangen. Der Bayer Roman Herzog war irgendwie noch ganz lustig, doch dann kam der grauenhafte Bruder Rau mit seiner ewigen Betroffenheit. Bei dem hatte man immer das Gefühl, er hätte einen beim Furzen im Lift erwischt. Er konnte das Leid Christi in einen Blick und drei Worte fassen. Dann kam Horst Köhler mit seinem wie ins Gesicht getackerten Lächeln. Klemmt ihm seine Gattin morgens die Haut hinter den Ohren zusammen und nimmt ihm abends die Lächelspange wieder ab?

Burberry Baby Touch

Babys riechen wunderbar. Nach Milch, nach Baby und manchmal nach vollgeschissener Windel. Wer sein Baby beschnuppert, der liebt es. Das hat die Natur so eingerichtet. Früher zumindest, als es noch keine Fellschühchen der Marke Dior (für 225 Euro) und Hüftjeans für Vierjährige von »Seven for all Mankind« (für 150 Euro) gab. Das echte Schickeriababy riecht jetzt nämlich nicht mehr nach Baby, sondern nach »Zitrusaromen, wilder Minze, einem Hauch Maiglöckchen, Rhabarbergelee, Eisenkraut und Vanille«. Aus diesen Zutaten besteht »Baby Touch« (100 ml, 43 Euro) von Burberry. Das absolute Must für die Wiege.

Bwin (Ex-Betandwin)
Der Wettanbieter wurde ziemlich getriezt von der staatlichen deutschen Glücksspiel-Lobby, die natürlich die ganze Wettkohle für sich (Oddset) haben will. In mehreren Gerichtsverfahren wurde versucht, dem Unternehmen, das auf einer uralten DDR-Lizenz sitzt, sogar die Werbung zu verbieten. Seither dürfen etwa die Vereine Werder Bremen und TSV 1860 München nur noch den Slogan »We win« auf die Trikots drucken, der sich eigentlich keiner Firma zuordnen lässt. Die Werbewirkung eines solchen Slogans ist umstritten. Dennoch gäbe es noch einige faszinierende neutrale Slogans:

- »Prost« (für Beck's-Bier)
- »Und tschüss« (für → BenQ)
- »Wir fahren« (für BMW)
- »Ich liebe es« (für Burger King)

C

Caffè-Latte-Gläser
Heiß, heiß, heiß. Und keine Henkel – schlau was? Warum wohl Teetrinker ihre heiße Plörre aus Gläsern mit Henkel trinken? Weil sie es vorziehen, sich nicht die Pfoten zu verbrennen, statt Gläser ohne Henkel zu benutzen, nur weil die aussehen, wie Manufaktum sich Italien vorstellt. Deswegen.

Camouflage-Klamotten
Die tun nix, die wollen nur spielen.

Camper-Schuhe
Hätten die Kastanienmännchen aus der Kindergartenzeit nicht naturgemäß Kastanien als Schuhe an – dann trügen sie wohl Camper. Immer rundi-rundi-rund und in gedeckten Naturtönen gehalten. Für Menschen ohne orthopädische Vorgeschichte oder Aktionen abseits der Bowlingbahn ist solch ein Schuhwerk jedoch nichts. Ja, die sind bequem, aber Schlafanzüge sind ebenfalls bequem und die ziehen wir ja auch nicht auf der Straße an. Allerdings sind »Camper« prima geeignet, um genau da hineinzutreten, wo der Spaß bei Hunden wirklich aufhört. Ein Traum in Braun.

Catsthatlooklikehitler.com
Interessante Internetseite mit Bildern von Katzen, die Adolf Hitler ähneln. Nie war deutsche Geschichte so verschmust.

Chanel-Sonnenbrillen
Ohne triftigen Grund nimmt die Größe der Sonnenbrillen immer mehr zu. In zwei Jahren werden sie so groß sein wie das Visier eines Motorradhelms, bis man schließlich 2010 eine zwei mal zwei Meter große, getönte Scheibe vor sich her schiebt.

Charmin-Bär
Es ist nicht einfach, einen geeigneten Prominenten als Star für die Markteinführung von Toilettenpapier zu finden. Wer gibt schon sein Gesicht für Klopapier her? Boris Becker würde es bestimmt tun. Vielleicht einen selbstironischen Spot, bei dem er auf der Toilette sitzt und mit dem Papier nicht an die zu reinigenden Partien vordringen kann (»Bin ich schon drin?«). Besser wäre es, Günther Jauch als Prominenten zu gewinnen. Bei ihm weiß man, dass er sich auch an heikle Themen traut. Er würde einen Spot machen, der an das ökologische Gewissen der potentiellen Käufer mahnt (»Mit jedem Schiss retten Sie einen Quadratkilometer Regenwald.«). Sehr dynamisch mit hoher Markenpräsenz würde Oliver Bierhoff wirken (»Der König unter den Papieren«). Verona Pooth (»Das Papier mit dem Pup«) oder Franz Beckenbauer (»Ja, ist denn heut schon Weihnachten?«) würden wahrscheinlich aus Imagegründen ablehnen. Meine Lieblingskandidatin: Steffi Graf. Sie hat eine ungemein hohe Glaubwürdigkeit

im sanitären Bereich (»Aus Liebe und Leidenschaft«), käme aber aufgrund der exklusiven Positionierung des extraflauschigen Luxuspapiers womöglich zu protestantisch rüber.

Die Wahl eines Bären als Zeichentrickfigur war also durchaus richtig. Womöglich wäre ein brauner Bär aber glaubwürdiger gewesen als der cremefarbene Charmin-Bär.

China

China ist ein sehr gelungenes Rezept: Das Beste aus Kapitalismus (Ausbeutung, soziale Ungerechtigkeit, Stress), Kommunismus (Enteignung, Überwachung, Religionsverbot) und Nationalsozialismus (totalitäre Diktatur, Unterdrückung, Aggression nach außen). Ich glaube, man könnte das Rezept vielleicht noch verfeinern mit einem halben Esslöffel Monarchie (ausschweifende Luxusexzesse) und einer Prise Demokratie (geschickte Vorgaukelung von Einflussnahme). Dann mit George W. Bush abschmecken und fertig ist das Weltherrschaftselixier.

Sabine Christiansen

Das Phrasenschwein ist voll. Christiansen hört auf. Jahrhundertelang wachte der unterkühlte Talk-Terrier über selbstverliebtes Bildungsbürger-Geplapper. Jeden Sonntag jagte Christiansen die Plattitüdensau durchs Politdorf, bis sie unter dem armseligen Gewäsch im ARD-Kober zusammenbrach. Kein Wunder, dass Günther Jauch auf so was keinen Bock hatte.

Chucks und Vans

Sollte ich jemals gezwungen werden, an einem Faschingsball mit dem Motto »Prenzlauer-Berg-Klischeetyp« teilzunehmen, ziehe ich links einen Chuck und rechts einen Van an (Hose gesehen bei Pippi Langstrumpf, Pulli von Walter Moers). Die beiden übriggebliebenen Schuhe würde ich Berry und Morrison taufen und Mao-Mützen und Hornbrillen darin aufbewahren.

Paulo Coelho

Himmel, geht der mir auf den Sack.

Coffee to go

Plötzlich ist Kaffee doppelt so teuer. Dafür kommt er nicht mehr in der Porzellantasse, sondern man darf ihn in einem Pappbecher auf der Straße trinken.

Coke Zero

Coca-Cola hat gemerkt, dass Cola Light in der Bevölkerung als Mädchenbrause verschrien ist und echte Männer diese unter gar keinem Umstand kaufen wollen. Welcher Typ kann es sich schon erlauben, eine Cola Light zu bestellen, wenn er eine heiße Blondine zum ersten Date ausführt? Darum hat Coke ein paar Säuerungsstoffe ausgewechselt und die gute alte Tante Cola Light als knallharte Coke Zero neu auf den Markt geworfen. Das wird in Zukunft einige Nachahmer finden:

Cola Light → Coke Zero
Yogurette → Der Joghurator
Du darfst → Du musst

Black & Decker → Rosa & Decker
Hornbach → Lafayette Home
Renault Clio → Tiger GTI
Labello → Le Bello

Computerspiele
Viele Jugendliche haben im Alter von 15 Jahren bereits 24 000 Menschen erschossen. So viel hat nicht mal mein Großvater geschafft.

Copyright-Hinweise
Ich bin wütend auf diese endlosen Copyright-Belehrungen vor meinem Lieblingsfilm, dass man die DVD nicht kopieren, vorführen, verbreiten, verändern oder sonst was darf. Das Schlimmste: Ich kann die unsäglichen Warnhinweise nicht mal überspringen. Ich bin so wütend, dass ich vor lauter Wut die DVD cracke, ohne Copyright-Belehrung kopiere und ins Internet stelle.

Corporate Behaviour in Ihrer Fachbäckerei
»Zwei Brötchen bitte, äh-ja, mit Mohn, danke, ebenfalls, tschüs.« Für meinen Teil wäre mit diesen Worten in der Bäckerei alles gesagt. Zumal am Morgen. Noch lieber wäre es mir, mit dem Finger auf das zu deuten, was ich möchte, und dann ebenfalls mit den Fingern die Anzahl kundzutun. Zahlen, gehen, Tschüss. Aber findige Marketingberater zwingen die Bäckereifachfrauen dazu, sich wie ausgesprochene Plaudertaschen aufzuführen. Ich meine, was hat die Frage, wie es mir gehe, in einer Bäckerei verloren? Allein beim Arzt lasse ich mir das

gefallen (obwohl die Frage nach dem Befinden da völlig redundant ist, sonst wäre man ja nicht da).

Ich liebe Launen. Egal wo. Man sollte mich nicht bis über beide Ohren angrinsen, wenn einem nicht danach ist. Wie soll ich denn sonst unterscheiden, ob ich die Verkäuferin zum Lächeln gebracht habe oder der Seminarleiter? Eine natürliche, gesunde Grundhaltung im Verkauf ist doch die der professionellen Neutralität, sogar der Ablehnung! Du willst Apfelkuchen? Ich gebe ihn dir, denn du bezahlst. Es ist mir auch egal, ob dir der Kuchen schmeckt oder nicht, denn ich habe ihn erstens nicht gebacken und zweitens schon gleich gar nicht speziell für dich. Ich bin ja nicht deine Mutter, sondern Verkäuferin, und jetzt raus hier. So gefällt mir das. Gnadenlose Ehrlichkeit. Ich kann mit dem Finger fuchteln, ich kann präzise Naschwerk nachfragen – oder freundlich sein. Und sollten wir uns dann beiderseitig dufte finden, ja, dann kommt ein Lächeln, die Frage, wie es mir geht, und der Wunsch, dass ich wieder vorbeischauen möchte. Und das freut dann wirklich.

Tom Cruise

Das war etwas unglücklich. Da hat die Bambi-Jury Tom Cruise ausgerechnet den Bambi für »Mut und Courage« verliehen. Da gab es Haue von den Feuilletons.

Man muss das aber auch verstehen. Wenn man schon mal die Möglichkeit bekommt, einen amerikanischen Superstar vom Schlage eines Tom Cruise in die Sendung zu bekommen, dann kriegt er auch einen Bambi. Ist doch klar. Und weil er gerade einen Film gedreht hat, in dem er irgendeinen Nazi-Widerständler spielt, bietet sich die Ehrung für »Mut und Courage« doch geradezu an.

Klar ist es nicht ganz optimal, dass Cruise Aushängeschild der Sekte Scientology ist. Aber sind wir mal ehrlich: Hätte es nicht noch viel mehr Kritik und Ärger gegeben, wenn sie Cruise einen Bambi für »seinen Mut als Botschafter einer faschistischen, menschenverachtenden und vom Verfassungsschutz beobachteten Sekte« überreicht hätten?

CSI-Pathologie

Ich kann mich noch genau daran erinnern, dass im Fernsehen Hundefutter- und Windelwerbung sowie kommerzielle Spots zu Damenhygiene von den Zuschauern als unappetitlich kritisiert wurden. Also beeilte man sich, sie ästhetisch aufzuhübschen. Vorbei waren die Zeiten der Ersatzflüssigkeiten, stattdessen gab es lustige Geschichten voller Missverständnisse. Wegen Ekel. Heute sehne ich mich zurück zu den harmlos blassblauen Flüssigkeiten. Zappt man nämlich ein wenig herum, sieht man Bilder, zu denen Sätze gesprochen werden wie: »Herrje, Sergeant Fauler, Ihre Leiche hier sieht aber scheiße aus. Liegt ja auch schon ein wenig. Kommen Sie etwas näher ran an die 140 Pfund Gemischtes, Erschossenes und Angezündetes hier!« Die Kamera fährt nahe heran. »O mein Gott, Doktor! Das ist das Werk eines ganz, ganz irren Bösen!«

Genau. Das ist das Werk eines ganz, ganz irren Serienproduzenten.

D

Dalai Lama

Hat eigentlich jemals irgendjemand etwas Schlechtes über den Dalai Lama geschrieben? Ich meine jetzt außer den Chinesen. Hat mal jemand geschrieben: »Dieser dauernd grinsende, orangefarbene Gutmensch mit seinem ewigen Verständnis und seinem Vergeben und seiner Nachsicht und seiner Gnade und seiner Milde und seiner Geduld und seiner Großzügigkeit und seiner Sanftmut und seiner Nachgiebigkeit und seiner Duldsamkeit und seiner Toleranz und seiner Rücksicht und seinem Entgegenkommen und seiner Gutmütigkeit geht mir tierisch auf den Sack.«

Ich glaube nicht.

Darmpflegende Joghurts

In meinem Darm leben Bakterien. Eigentlich geht es denen ziemlich gut. Nun wohnen da aber leider unterschiedliche Bakterienfamilien, die sich gegenseitig nicht so besonders ausstehen können. Das ist wie mit mir und meiner Nachbarin. Wenn wir gleichzeitig daheim sind, stänkert sie rum und es kommt meistens zu lauten Geräuschen. Das ist im Darm ganz ähnlich. Wenn sich zwei Bakterien streiten, dann knallt es schnell mal. Bei mir knallt es leider sehr oft. Meine Freundin findet das nicht so gut und schimpft oft mit mir. Manchmal verbietet sie mir sogar, auf dem gemeinsamen Sofa Platz zu nehmen. Deshalb esse ich seit neuestem LC1, weil da liebenswerte Bakterienfamilien drin sind. Ich stelle mir vor, dass das nette Nachbarn sind, die einem auch mal Salz leihen, wenn man es nicht zum Einkaufen geschafft hat.

Bis jetzt haben sich die neuen, friedfertigen Nachbarn in meinem Darm leider noch nicht durchsetzen können.

Defibrillatoren in der U-Bahn

Wir haben jetzt auch einen Defibrillator in der U-Bahn. Falls mal jemand einen Herzinfarkt bekommt, können herumstehende Passanten der Ohnmächtigen gleich den BH aufreißen und ein paar Tausend Volt in die Herzmuskulatur feuern. Ich möchte lieber in Würde sterben.

Deostein

Als Alternative zu den gängigen Deorollern und Sprays hat der Biomarkt einen Deostift herausgebracht, der aus einem Kristall besteht. Sieht aus wie ein Deoroller, rollert aber nicht. Ganz natürliche Sache, dieser Stein. Man muss ihn nur etwas anfeuchten. Und man sollte in der Öffentlichkeit die Arme an den Körper gepresst halten, falls man schwitzt. Weil man sonst nach Schweiß stinkt.

… des Jahres

Der Bundesverband Boden wählte für seine Ehrenauszeichnung »Boden des Jahres« ebenso überraschend wie hoch verdient die Grande Dame der Problemerden: die Fahlerde. Wir gratulieren. Gibt es eigentlich irgendetwas auf dieser Welt, das nicht von irgendeiner PR-Firma,

Lobbybude oder Kreativkompanie zum … des Jahres ausgerufen wird?

Designerduschen

Es gibt Duschen, die bestehen aus einem Duschkopf mit verstellbarem Wasserstrahl am Ende eines Schlauchs, der an einer Wandhalterung hängt. Das sind gute Duschen. Mit diesen Duschen haben Frauen Spaß.

Darum bin ich mir ganz sicher, dass es ein beleidigter Mann war, der diese Duschsäulen erfunden hat, die, fest montiert, einen in verschiedenen Höhen mit Wasser bespritzen. Ein Gefühl, als wenn einen Hunde anpinkeln. Ebenfalls ein Mann war es, der die großen Regenwald-Tellerduschen erfunden hat, ebenfalls gut verschraubt über unseren Häuptern. Wir bevorzugen gewisse Köpfe aber deutlich unter unseren Köpfen. Kapiert, meine Herren?

Designerhotels

Ich liebe Designerhotels. Das waren die ersten, die damit anfingen, Plastikkarten statt olle Zimmerschlüssel einzuführen. Woraufhin wir natürlich alle mit den Kärtchen zur Rezeption gelaufen kamen und klagten, das Licht sei kaputt.

Bald danach, auch hier Vorreiter, kamen die Wasserhähne, die man nicht aufdrehen konnte. Die mit den gut versteckten Bewegungssensoren. Ich denke, man kann davon ausgehen, dass fast alle Luxusfrösche sich damals nach dem Kringeln nicht die Hände gewaschen haben.

Inzwischen sind die Fallgruben der gehobenen Unterbringung wesentlich perfider ausgelegt. Da sind zum Beispiel Türen (auch Aufzug und Klo) so in die Wandverkleidung eingelassen, dass man sich genötigt fühlt, seinen Aufenthalt ausschließlich in der Lobby zu verbringen.

Designerklamottenläden

Na, auch schon mal aus Versehen in einen Laden gestolpert, in dem nichts hing? Und dann so tun als wäre nix, als wäre das Betreten volle Absicht gewesen? Weil die Verkäuferin, die hundertmal besser angezogen ist als man selbst, diesen typischen »Das kannst du dir sowieso alles nicht leisten, Schätzchen«-Blick aufgesetzt hat und man ihr standhalten will, anstatt den H&M-Schwanz einzuziehen und sich zu schleichen?

Es ist ein langer Weg quer durch den Laden, die misstrauische Verkaufsdiva im Augenwinkel, hin zu der einzigen Chromstange, an der genau fünf Chrombügel hängen, alle mit etwas Labbrigem in Kermit-Grün. Dann, scheinbar begutachtend, die fünf Bügel nacheinander leicht zu sich drehen, immer den Gedanken im Hinterkopf, wenn dir das jetzt runterfällt und einen Flecken abkriegt, musst du dir das Erbe von Omi und Opi vorzeitig auszahlen lassen. Schließlich den H&M-Schwanz einziehen und sich ganz leise schleichen.

Deutsche Soldaten

Die Amerikaner haben 45 000 irakische Zivilisten umgebracht. Sie halten Hunderte Menschen ohne Rechtsgrundlage in Guantanamo gefangen. Sie betreiben geheime Knäste überall auf der Welt. Sie akzeptieren Folter, um Geständnisse aus Verdächtigen zu pressen. In Abu Ghreib wurden Insassen mit Stromschlägen malträtiert und nackt gedemütigt.

Das alles haben wir noch mit großer Gelassenheit hingenommen. Aber dann ist etwas passiert, was noch viel, viel schlimmer ist: O mein Gott, ist das schrecklich. Das ist jetzt wirklich der Hammer. Wenn Sie psychologisch labil sind, dann lesen Sie bitte erst auf der nächsten Seite weiter: EIN PAAR DEUTSCHE SOLDATEN HABEN SICH NEBEN TOTENKÖPFEN FOTOGRAFIEREN LASSEN. Diese Schmach wird unser Land weitere 50 Jahre in tiefe Dunkelheit werfen. Der Geschmacksholocaust am Hindukusch.

Deutsche Urlauber

Ab 1. Januar 2008 trat die Genfer Urlaubskonvention in Kraft. Demnach ist den Deutschen Folgendes außerhalb der Landesgrenze der Bundesrepublik Deutschland mit sofortiger Wirkung verboten:

- bei Straßenmusikanten zu tanzen oder sonst in der Öffentlichkeit den Eindruck zu vermitteln oder auch nur vorzutäuschen, sie könnten sich rhythmisch bewegen;
- Gaststätten oder Restaurants zu eröffnen, die »Kalle's Pils Corner« oder »Inge's Würst'l Stand'l« heißen und über einen Premiere-Anschluss verfügen;
- alkoholische Getränke aus Eimern oder anderen Großbehältern zu konsumieren;
- »due cappuccinos« zu bestellen;
- den Leuten kein Trinkgeld zu geben, die an der Tankstelle die Fenster putzen;
- morgens die Liegestühle am Pool zu reservieren;
- sich über die Qualität des Brots, nicht ausreichenden Wasserdruck bei Duschen und über die Preise der Minibar oder der Auslandstelefongespräche zu beschweren;

- Postkarten zu versenden, die Fischer mit wettergegerbtem Gesicht oder Männer auf reich geschmückten Eseln zeigen;
- sich mit Totenköpfen fotografieren zu lassen.

Drafi Deutscher

Drafi Deutscher wurde berühmt, als ihn Kinder dabei beobachteten, wie er 1966 nackt von einem Balkon pinkelte. Schon früh wurde er so zu einer Art Ernst August der Schlagerszene. Sein Hit »Marmor, Stein und Eisen bricht« brach das Herz vieler Frauen, besonders aber das Herz vieler Germanisten, denn es müsste natürlich »Marmor, Stein und Eisen brechen« heißen. Deutscher trat noch unter ein paar tollen Pseudonymen auf wie Jack Goldbird, Big Wigwam, Pit Eisenbrecht und Hektor von Usedom und starb nur wenige Tage vor Harriet, der ältesten Schildkröte der Welt, der er zuletzt ein wenig ähnelte.

Deutschpoptexte

Hab mir gedacht, ich hab gecheckt,
saß auf meinem Sonnendeck.
Hab's selbst nich sehr.
Ja, es trifft mehr,
ich bin ein Schiff eher.
Fahre mal den Seitenscheitel,
meine Sohlen sind aus Gummi.
Eitel wie Mond, Juli bis Silber,
meine Silben wie Milben.
Fühl ich mich irgendwie so lala.
Du es trifft mehr,
ich bin bekifft sehr.

Diamanten aus Toten
Der neue Trend der Bestattungsindustrie: Wer seinen Liebsten nicht auf dem fernen Friedhof dahinmodern lassen möchte, kann den Toten zu einem Diamanten pressen lassen und künftig am Finger tragen. Amerikanische Forscher haben eine Technologie entwickelt, die Leichen bei großem Druck und hohen Temperaturen in reinen Kohlenstoff verwandelt. Bei lebenden Ehepartnern ist dieses Verfahren bislang leider noch nicht gestattet. Der größte Diamant der Welt, das kann man wohl jetzt schon prognostizieren, wird eines Tages aus → Ottfried Fischer gemacht.

Diddl-Maus
Liebe kleine Diddl-Maus. Du süßes kleines Wesen mit der lustigen Nase und den großen Öhrchen. Du lachst so fröhlich von all den lustigen Füllern und Heften und Blöcken und Glückwunschkarten von den Kindern und von den Erzieherinnen, die dich total süß finden.

Liebe kleine Diddl-Maus, ich würde dich sehr gerne einmal persönlich treffen. Dann würde ich dir deine lustigen Schnurrhärchen einzeln ausrupfen. Anschließend würde ich deine lustigen Patschefüßchen mit einer Salzsäurelösung beträufeln und mit einem Presslufthammer an den Fußboden tackern, damit du nicht flüchten kannst, wenn ich deinen lustigen Diddl-Körper ausweide. Schließlich würde ich deine Gedärme an die Tigerente verfüttern und deine Überreste neben den Pokemons in meinem Garten verscharren.

Die Siedler von Catan

Als wir noch *Mensch ärgere dich nicht* spielten, da war noch was los bei deutschen Brettspielabenden. Da wurde geflucht und geschummelt, da flogen die bunten Steinchen (Holz für Kenner, Plastik für das Prekariat) nur so durchs Wohnzimmer. Bei *Monopoly* ruinierten wir uns bis auf den letzten 50er, um kurz darauf phönixgleich in die Parkstraße einzuziehen. Mit *Trivial Pursuit* hauten wir uns gegenseitig in die Pfanne, wir setzten uns demütigenden Blamagen aus (außer bei den pinken Unterhaltungsfragen) und wieherten vor Schadenfreude.

Und heute? Heute spielen wir *Die Siedler von Catan.* Die wilden Zeiten sind vorbei – heute tauschen wir Schafe.

Digitalkameras

Digitalkameras haben die Fotoalben dahingemeuchelt, das muss man jetzt mal so feststellen. Beziehungsweise diese Pappkartons, in denen man seine Fotos aufbewahrt, weil Fotoalben spießig und doof sind. Über diesem Karton ließ sich wunderbar ein trüber Tag verbringen. Man kramte in Erinnerungen, entwickelte ein bisschen Wehmut und kultivierte diesen dann. Auf dem Boden sitzend, ein Foto in beiden Händen, hängt man Gedanken und Bekanntschaften hinterher. Das geht nicht vor einem Computer. Man kann nicht wehmütig klicken.

Dove

Das ist das Zeug, mit dem sich dicke Weiber die Haare waschen. Und die stehen auch voll zu ihrem Fett, jedenfalls in der Werbung. Dove ist nicht nur einfach eine Pflegeserie, sondern ein Statement gegen unser Schönheitsideal. Wir müssen nicht alle magersüchtig sein. Wir sind nicht perfekt, aber trotzdem schön. Sind wir nicht alle ein bisschen Dove?

Andererseits ist das vielleicht eine fiese kapitalistische Falle. Sollen wir ein Produkt kaufen, bloß weil sich die Werbung mit so einer plumpen PR-Aktion anbiedert? Wären wir nicht doch viel lieber dünn und schön? Lassen wir uns da nicht vielleicht alle für Dove verkaufen?

Dr. Best

Bin ich eigentlich der Einzige, der nachts Alpträume hat, in denen ein Monster mit riesigen Augenbrauen auftaucht, das wie Dr. Best aussieht?

Dreieckig gefaltetes Klopapier

Das hat sich weltweit durchgesetzt: dreieckig gefaltetes Klopapier, die Dreifaltigkeit des Luxus. Ich habe lange nicht verstanden, warum das Toilettenpergament so gefaltet wird. Erst dachte ich, dass die dreieckige Spitze besser in die Arschritze hineinrutscht und die Faltung so gesehen einer optimierten Wischperformance dient. Aber durch meine Recherchen habe ich mittlerweile herausgefunden, was die Faltung zeigen soll: dass nämlich die Putzfrau im Badezimmer vorbeigeschaut hat. Ich finde, das ist eine sehr schöne Tradition. Vielleicht fange ich das bei mir zu Hause auch an. Statt putzen.

Drogenberatung

Das Boulevardblatt *Sun* berichtete, die als jähzornig bekannte Naomi Campbell habe ihrer Drogenberaterin quer übers Gesicht gekratzt. Ein Sprecher des Models sprach von einem »Missverständnis«. Drogenberaterin. Was für ein wunderbarer Beruf! Kein Wort davon bei meiner letzten Berufsberatung! Drogenberaterin. Da könnte ich mich sogar zu einer beruflichen Ausbildung überreden lassen. Gibt es da Abendkurse? Am besten melde ich mich gleich bei den Fortgeschrittenen an. Immerhin habe ich den gelben Finger im Rauchen.

Den Kurs für harte Drogen leitet Pete Doherty. Mit selbstgedrehten Lehrfilmen. Den Teil »Vergangenheitsbewältigung« übernimmt Christoph Daum, den Kurs »Logistik und Einkauf« Konstantin Wecker. Wir erfahren alles Notwendige über den direkten Weg in die Sucht. Dosenlehre, gezielter Rauschaufbau, dessen Erhaltung und Pflege. Am Wandertag: gemeinsame Alkoholfahrten mit anschließender Polizeischmähung (zu Gast: → Mel Gibson). Wir lernen spielerisch »Venen finden« und den Umgang mit Truthähnen. Schwerpunkt der Ausbildung: Welcher Drogentyp bin ich? Ein Herbsttyp? Dann sollte ich Erddrogen (z. B. Pilze) mit Antidepressiva kombinieren. Was einen guten Drogenberater ausmacht, kann man eigentlich nicht lernen. Man muss schon das richtige Näschen dafür mitbringen.

DSF-Nachtprogramm

Es gibt eine sehr alte indianische Weissagung der Creek-Indianer: Erst wenn die letzte Snooker-Kugel eingelocht, der letzte Dart geflogen, die letzte Pokerkarte ausgespielt ist, werdet ihr merken, dass man auf Sportsendungen nicht wichsen kann.

Du bist Deutschland

Es ist nicht ganz einfach für uns Deutsche, uns mit dem Vaterland zu identifizieren. Geschichtsexperten wissen, woran das liegen kann. Es gab mal eine ganz dunkle Zeit in Deutschland. Das waren die Jahre, als Berti Vogts Bundestrainer war. Ein paar Jahrzehnte davor war es auch übel, denn da gab es eine Partei, die veranstaltete Kundgebungen unter dem Motto »Denn du bist Deutschland«. Die Partei hieß NSDAP und brachte mehr Leid über unser Land als alle Xavier-Naidoo-Lieder zusammen. Aber das ist lange her und nun ist es wirklich an der Zeit, dass wir wieder Zuversicht in unser Land gewinnen. Deshalb haben sich ein paar engagierte Werber eine ganz tolle Kampagne ausgedacht, die heißt »Du bist Deutschland«.

Na also, wir sind nicht nur das Land mit der Rentnerplage, mit Dunkeldeutschland und den Mega-Exporten, wir sind Papst, wir sind Weltmeister der Herzen und wir sind obendrein sogar noch Deutschland. Ob wir wollen oder nicht. Für diese Kampagne gab es ein paar tolle TV-Spots mit typisch deutschen Stars wie Gerald Asamoah und so tollen Slogans wie »Ein Schmetterling kann einen Taifun auslösen. Du bist Deutschland«.

Aber aufgepasst: Ein Taifun kann auch einen Schmetterling auslöschen.

Dubai

Dubai hat ein faszinierend einfaches Erfolgskonzept: Man pumpe eine zähflüssige schwarze Pampe aus dem Erdinneren und verkaufe sie für ein Schweinegeld an alle anderen auf der Welt. Von dem Geld lasse man Billigarbeiter, die wie Sklaven gehalten werden, einen Haufen total behämmerter Attraktionen bauen: das Burj-al-Arab-Hotel mit sieben Sternen, das aussieht wie ein Philips-Wasserkocher; eine gigantische Skihalle mitten in der Wüste; eine Weltkarte aus künstlichen Inseln (mit allen Ländern außer Israel); der Unterhaltungspark Dubailand, der größer werden soll als Manhattan.

Es ist traurig zu sehen, wo die Kohle hinfließt, die ich an der Tankstelle abdrücke.

»Du bist voll schwul!«

Ja, ich gebe es zu. Es ist ein kleines – aber übles – Coming-out. Mir ist es nämlich auch schon passiert. Ich habe mich hinreißen lassen. Spontan. Ich sagte einmal: »Mann, ist das schwul«, und ein anderes Mal: »Mann, bist du schwul.« Zu meiner Verteidigung kann ich nichts weiter beitragen außer: Ich habe inzwischen dem Wort »schwul« im beleidigenden Sinne abgeschworen. Schwul kann man sagen, wenn man schwul meint. Ein Beispiel, bei dem wir nicht von schwul sprechen sollten? Zum Beispiel bei roten Seidenschühchen am Männerfuß. Solche trägt ab und zu der Papst. Und auch ein gestandenes Mannsbild vor dem Herrn wie Benedikt XVI. sieht in solchen Schühchen eventuell unmännlich aus. Das lässt uns aber keinesfalls auf seine Sexua...Liebe zu Gott...huaa! O.k., kein gutes Beispiel.

Ich weiß ein besseres, auch mit Schuh: ein Torero. Zwar oben herum ein todbringendes, Schnuten ziehendes Sinnbild für Männlichkeit, Heterosexualität und Machismo-Quatsch. Aber unten am Fuß! In seinen kleinen, schwarzen Tanzschuhen mit rosa Halbstrümpfchen drin – mädchenhaft, verspielt! Und trotzdem würde man nicht im Geringsten auf sexuelle Neigungen des Trägers schließen. Merke: Kein Fuß, Bein oder Schuh der Welt kann schwul sein. So, und jetzt gemeinsam: Ich will nie wieder Dinge sagen wie »Jetzt fahr mal deinen schwulen Lastwagen da weg!«.

E

Eames Chair

Es ist so schön, wenn man es geschafft hat im Leben. Sonntagnachmittag. Mal so richtig gemütlich auf den Original Eames Lounge Chair (natürlich in Schwarz aus Mahagoni) fläzen und mit der Fernbedienung die neue CD von → Anna Netrebko, Nigel Kennedy oder Ryan Adams in die Bang & Olufsen-Anlage schieben. Mal so richtig das Leben genießen. Ein bisschen im *Wallpaper-Magazin* blättern und es dann wieder aufs Beistelltischen von Eileen Gray legen. Vielleicht noch mal rüberschleichen ins Büro, die Tolomeo-Lampe anknipsen und was ins iBook tippen. Das Leben kann so einzigartig sein, wenn man ein Individualist ist.

eBay

eBay lässt sich in zwei simplen Regeln zusammenfassen:

1. Egal, was man sich bei Saturn kauft, es gibt immer einen, der sagt, bei eBay hätte er das Gleiche für die Hälfte gesehen.
2. Egal, was man sich bei eBay kauft, beim Saturn um die Ecke ist immer gerade eine Sonderaktion, wo das Ersteigerte nur die Hälfte kostet.

Eigentlich

Das Wort der Generation → iPod. Eigentlich sind wir ein bisschen, also irgendwie, na ja, vielleicht schon eher so lala. Wissen Sie, was ich meine? Nein? Ist ja auch irgendwie egal. War nicht so wichtig, eigentlich.

Ein-Euro-Jobs

Vielleicht klingt das jetzt arrogant, aber ich finde einen Euro in der Stunde nicht sehr viel Geld. Das lohnt sich doch nicht. Da kann ich doch gleich daheim bleiben. Linda Evangelista hat mal gesagt: »Unter 10 000 Dollar stehe ich gar nicht auf.« Das finde ich etwas übertrieben. Aber für einen Euro. Und dann vielleicht auch noch Hundescheiße wegräumen im Park oder Spargel stechen. So blöd kann doch kein Mensch sein, oder?

Einbürgerung

In Baden-Württemberg müssen Einbürgerungswillige einen Fragebogen ausfüllen, in dem sie ihre freiheitlich-demokratische Grundordnung manifestieren. Ich habe den Fragebogen schon mal ausgefüllt. Gefragt wird unter anderem:

– »Was halten Sie davon, wenn ein Mann in Deutschland mit zwei Frauen gleichzeitig verheiratet ist?«
  Arme Sau. Der Einzige, der sich das erlauben kann, ohne eine negative Schlagzeile in der *Bild* zu bekommen, wäre Franz Beckenbauer.
– »Sie erfahren, dass Leute aus Ihrer Nachbarschaft oder aus Ihrem Freundeskreis oder Bekanntenkreis einen terroristischen Anschlag begangen haben oder planen. Wie verhalten Sie sich?«

Ich versuche Bilder von denen mit meiner Handy-Kamera zu machen und für 500 Euro an die *Bild* zu verkaufen.

– »Halten Sie es für zulässig, dass ein Mann seine Frau oder Tochter zu Hause einschließt, um zu verhindern, dass sie ihm in der Öffentlichkeit Schande macht?« Ehrlich gesagt gibt es Frauen in Deutschland, von denen ich mir wünsche, sie hätten einen Mann, der sie zu Hause einsperrt, weil sie ihm nur Schande machen. Aber ich würde mir das auch bei vielen Männern wünschen.

Einrichtungssendungen

Wir suchen noch sympathische Familien mit Kindern, in denen mindestens ein Familienmitglied telegen vom Schicksal gebeutelt ist. Wir machen dafür aus Ihrem ollen → IKEA-Heim eine Habitat-Ausstellung. Alle Mitglieder der Familie sollten aber auf jeden Fall körperlich in der Lage sein, mit den Händen vor dem aufgerissenen Mund durch das neue Zuhause zu taumeln und kopfschüttelnd wirres Zeug zu stammeln.

Eisbärenbabys

Flocke wird der neue Star. Die wird jetzt noch ein bisschen gepusht mit Livecam und Streitigkeiten um den Markennamen, aber dann geben wir merchandisingmäßig noch mal richtig Gas.

Ich sehe Flocke und Knut als Romantikkomödie über die Bildschirme flackern: Knut gibt Richard Gere, Flocke ist unsere Pretty Woman. In einem Big-Brother-Käfig könnten sie vor laufender Kamera über Robben lästern oder sie könnten Pfote in Pfote bei DSDS vorsingen und Dieter Bohlen schmeißt dann einen von beiden raus.

Ich sehe Knut eher als den Grunge-Bären, den Indie-Rocker, wohingegen Flocke als unschuldiger Engel im Stile einer Yvonne Catterfeld Erfolge feiern wird. »Simply White« heißt ihr erstes Parfüm, »Ganz in weiß« lautet ihr Album-Titel. Damit wird sie zum Megastar. Danach ist es nur ein Sprung zu Scientology und → Kabbala, über den Jakobsweg zum Genitiv, zum Koalas-in-Afrika-Adoptieren und der Hochzeit mit einem Fußballer. »Wumbaba« schreien wir und Flocke zieht in die Neverland Ranch ein, von wo aus sie Kochshows moderiert.

Danach bald erste Gerüchte über Unfrieden, vielleicht Trunkenheit am Steuer und einmal das Höschen vergessen. Währenddessen meldet sich der abgestürzte Knut aus dem Dschungel-Camp: »Ich bin schwul und habe Flocke nie geliebt!« Dann ein belastendes Handyvideo: Flocke kokst, der dokumentierte Weg in die Entzugsklinik. Das wird Wahnsinn. Da ist es nicht mehr weit zum rasierten Eisbärenschädel oder zum absoluten Megaevent: dem tödlichen Autounfall im Tunnel.

Frank Elstner

Schon als kleines Kind hatte ich immer wieder Alpträume, in denen ein Einäugiger in mein Zimmer kam und mir was Schreckliches antat. Erst viele Jahre später habe ich herausgefunden, dass ich damals womöglich die Abende mit Frank Elstner vorhergesehen habe.

Elterngeld

Ab dem 1. Januar 2007 werden endlich wieder ordentlich Kinder in die Welt gesetzt. Es ist doch letztlich alles eine Frage des Geldes: Für bis zu 1800 Euro Elterngeld im Monat lassen sich Kind und Karriere endlich vereinen. Ein bisschen stillen, ein bisschen wickeln und nebenbei eine Heidenkohle verdienen. Es ist natürlich höchste Eisenbahn, die Bevölkerungspyramide schwankt und ist schon kurz vor dem Einsturz. Unser Volk steht auf der roten Liste. Uns Deutschen geht es dabei nicht viel besser als dem Jangtse-Delphin oder dem Orang-Utan: Wir konnten uns nicht optimal an die Umweltverhältnisse anpassen. Während unsere fremdsprachigen Mitbürger die deutschen Kreißsäle vollgebären, verweigern unsere Akademikerinnen ihre kostbaren Eizellen. Es wäre für unseren Planeten natürlich ein Drama, wenn die sympathischen Deutschen aussterben würden. Wer soll denn dann die guten, schnellen Autos bauen? Wer soll den Amerikanern die Stirn bieten, wenn nicht wir? Und über wen sollen die Engländer Witze machen?

Embodiment

Neuer Frauenpsycho-Trend: Embodiment heißt, man soll in einer Wut erzeugenden Situation der Wut durch körperliche Übungen entgegenwirken. Beispiel: Ihr Lebensabschnittsgefährte legt die Sorte Geständnis ab, in dem die Sätze »Das hat nichts mit uns zu tun« und »Es ist einfach so passiert« vorkommen.

Statt nun loszubrüllen und ihm den nächstbesten Aschenbecher ins Gemächt zu rammen, soll man:

- den Brustkorb weit werden lassen, so dass er zu einer Stimmung gelassener Heiterkeit passt,

- entspannt atmen und
- den Blick zu einem schweifenden Weitblick werden lassen.

Hier noch ein hausgemachter Tipp: Falls dieses Programm nichts nützt, ist das die ideale Ausgangsposition, um loszubrüllen und ihm den nächstbesten Aschenbecher ins Gemächt zu rammen.

Ursula Engelen-Kefer

Sie war die ideale Gewerkschaftlerin. Was hat sie alles für uns kleine Arbeiter erreicht: 16 Monatsgehälter. Unkündbarkeit. Pfingstgeld. Dienstagszuschlag. Wir verdanken dieser Frau unseren Wohlstand. Viele Arbeitgeber haben gesagt: Lieber acht Prozent Lohnerhöhung und drei Stunden weniger Arbeitszeit bei vollem Lohnausgleich, als mit dieser Krampfhenne verhandeln. Sie ist eine Art Tritop-Konzentrat-Deutschlehrerin in der Geschmacksrichtung »Verschärfter Verweis«. Wenn sie ein Gericht wäre, dann wohl ein deutlich zu lang gebratenes Stück Büffelleber mit Rosenkohl und einer welken Salatgarnitur. Wenn sie als Tier reinkarnieren würde, dann vermutlich als Frosch.

Dann möchte ich aber auch als Frosch wiedergeboren werden. Denn so hätte ich jemanden, der dafür sorgt, dass ich einen guten Platz am Teich bekomme mit vielen saftigen Mücken. Und nicht nur die blöden Breitmaulfrösche.

Ergebnisoffen

Ins Knie geschossen bekommt der nächste Politiker, der in einem Interview sagt: »Wir verhandeln ergebnisoffen.« Verhandlungen sind immer ergebnisoffen. Wenn das Ergebnis schon bekannt wäre, bräuchte man ja nicht zu verhandeln.

Erlebniswasserrutschen

Ostdeutschland wurde nach der Wende umgewandelt zum Mekka der Erlebnisbäder. Das Epizentrum des Erlebnisbades ist bekanntermaßen die Wasserrutsche. Da muss man die Treppe hochlatschen, dann rutscht man um ein paar Kurven, kommt schließlich unten aus der Röhre wieder raus und fliegt ins Wasser.

Ich habe mich immer gefragt, warum Erlebnisbäder ausgerechnet im Osten so erfolgreich sind. Vielleicht liegt es daran, dass die Wasserrutschenröhre das Lebensgefühl der Ostdeutschen so perfekt simuliert: Man darf nur rutschen, wenn es der Bademeister erlaubt. Man fühlt sich so eingesperrt in der Röhre. Es gibt nur einen vorgegebenen Weg. Man fliegt unten ganz überraschend ins kalte Wasser. Und dann, ohne genau erklären zu können, warum, will man unbedingt wieder hoch und rein in die Röhre …

EU-Erweiterung

»Wir suchen dringend noch einen Staat, der es in Sachen Religionsfreiheit und → Menschenrechte, Klimaschutz und Gleichberechtigung nicht ganz so genau nimmt, uns dafür aber die Möglichkeit gibt, in den arabischen Raum zu expandieren. Spätere Zwangsheirat nicht ausgeschlossen. Zuschriften bitte an EU, Brüssel.«

Euro

Seit es den Euro gibt, fahre ich nicht mehr in den Urlaub. Da ist der Zauber raus. Bei mir stellte sich das Urlaubsgefühl erst ein, wenn ich an der ersten italienischen Tankstelle um mindestens zwei Millionen Lire geprellt worden bin. Von da an konnte der Urlaub losgehen. Unzählige Drachmen bin ich losgeworden für sandfarbene Terrakottavasen mit griechisch-orthopädischen Kriegern drauf, und mit einem Lächeln habe ich die Tausende von Peseten gezahlt, die mir spanische Kellner durch eine Verschiebung im Kommastellenbereich abgeluchst haben. Seit die Spanier ihre Peseten durch 166,386 teilen müssen, damit ein Euro draus wird, ist da irgendwie die Luft raus.

Das einzige Land, das ich noch bereise, ist die Schweiz. Da lege ich gerne Euros auf den Tisch. Demnächst bringe ich einen Bildband über entrüstete Schweizer raus.

Europäische Vereinheitlichung

Um endlich die völlig unterschiedlichen Humoransätze in Europa zu vereinheitlichen und in Übereinstimmung mit der Genfer Verarschungskonvention zu bringen, soll EU-Kommissar Günter Verheugen folgende Richtlinie zur »Vereinheitlichung der humoristischen, satirischen Schriftstücke« und zum »Umgang mit Personen, Gruppen, Völkern, Volksgruppen und Firmen, die humoristischen Charakter besitzen oder eine Pointe beinhalten könnten« eingereicht haben:

1. Verboten sind ab 1. 1. 2008 Witze, wenn sie einen rassistischen oder fremdenfeindlichen Hintergrund besitzen.

Ausnahme: Roberto Blanco, weil der beim besten Willen nicht mehr als Neger durchgeht.

2. Verboten sind ab 1. 1. 2008 Witze, wenn sie auf Homosexualität anspielen.
   Ausnahmen:
   - wenn Schwule Kinder im Ausland adoptieren
   - wenn sie sich jahrelang nicht outen und gleichzeitig Vorsitzende einer liberalen Partei sind
   - wenn sie vorgeben, lesbisch zu sein, um mehr von ihren CDs zu verkaufen
3. Witze über Staatsoberhäupter sind verboten.
   Insbesondere darf in Zusammenhang mit dem englischen Thronfolger nicht mehr behauptet werden, er würde gerne als Tampon, Slipeinlage oder Monatsbinde reinkarnieren. Ebenfalls verboten sind Vergleiche seiner Gattin Camilla mit Paarhufern oder Milchvieh. Erlaubt hingegen bleiben Witze über den Welfenprinzen Ernst August von Hannover, insoweit sie nicht seine Drogensucht oder seine Blasenschwäche tangieren.
4. Verboten sind Witze, die das Intimleben von Prominenten betreffen.
   Ausnahmen:
   - Witze, die auf körperliche Versehrtheit durch Schönheitsoperationen anspielen (Lex Ohoven)
   - Witze, die auf unschönen Erlebnissen mit Prostituierten basieren (Grant'sche Klausel)
5. Grundsätzliche Witzverbote:
   - Witze über Michael Jackson sind verboten, weil die Gefahr besteht, dass er sonst eines seiner Kinder aus dem Fenster wirft.

Evolution

Die Evolution ist eine prima Sache. Die Besten einer Art überleben und pflanzen sich fort. Dabei geben sie ihre Gene weiter und helfen so, dass sich die Art ideal an die Umwelt adaptieren kann. Charles Darwin hat das wunderbare Konzept der Evolution vor über hundert Jahren entdeckt. Schon ein kurzer Blick in »Die große Hitparade der Volksmusik« allerdings offenbart, dass dieses Prinzip nicht oder nicht mehr funktioniert. Was ist falsch gelaufen? Lässt sich die Existenz von Stefan Mross mit dem Konzept der Evolution überhaupt vereinbaren? Vermutlich nicht.

Die Evolution ist gescheitert und hat sich regelrecht ins Gegenteil verdreht. Akademikerinnen kriegen überdurchschnittlich wenige Kinder. Viele der klugen und gebildeten Frauen entscheiden sich für die Karriere und gegen Nachwuchs. Arschgeweihtragende, intimgepiercte Talkshowkonsumentinnen mit Sozialhilfe-Background hingegen gebären munter vor sich hin. Anschließend kommt die Super-Nanny und versucht, die missratenen, verhaltensgestörten Ritalin-Junkies so weit zu therapieren, dass sie im Stande sind, ohne fremde Hilfe Hartz IV zu beantragen und ihre degenerierten Erbanlagen an andere 9Live-Anrufer weiterzugeben. Die lassen sich nicht aufhalten, schon gar nicht von der Evolution.

Exotische Haustiere

Leute, die sich exotische Haustiere halten, sind ja auch immer gleich eine ganz spezielle Sorte Mitmensch. Denen kann man keine größere Freude machen, als sich vor ihren Tieren zu ekeln oder Angst zu haben. Ich möchte nun mal nicht mit einer Vogelspinne schmusen.

Ich möchte mich noch nicht einmal mit ihr im gleichen Raum aufhalten, wenn es nicht unbedingt nötig ist. Da kann er dann glänzen, der Schmalspurheld. Da kann er was, was ich nicht kann: Er setzt sich die Spinne auf die Hand. Bravo. Nebenan liegt die Fünf-Meter-Python in einem Glaskasten und träumt davon, ihn zu erdrosseln.

F

FC Chelsea

»Schschschschschschsch«, klang es früher aus der Fankurve im Stadion des FC Chelsea. Das schrille Pfeifen der Fans sollte an das Gas in den deutschen KZs bei der Judenvergasung erinnern. Seit Abramowitsch den Club mit seinem Geld an die europäische Spitze geführt hat, pfeifen die antisemitischen Ärsche nicht mehr.

Feng-Shui

Feng-Shui ist die chinesische Kunst, Lebensräume harmonisch zu gestalten. Liebe Chinesen, zu den »Lebensräumen« zähle ich auch Restaurants.

Fernsehkorrespondenten in Krisen-Nachbarländern

Korrespondent im öffentlich-rechtlichen Rundfunk ist bestimmt ein toller Job. Alle paar Monate mal einen kleinen Beitrag für die Tagesthemen drehen. Wenn man Glück hat, kann man von der üppigen → GEZ-Kohle jahrelang leben, ohne etwas zu arbeiten. Schlimm ist es aber, wenn eine Krise ausbricht, dann muss man die große Villa und die Hausangestellten alleine lassen und wieder nach Hause reisen und warten, bis die lästigen Zwischenfälle vorbei sind. Deshalb ist meistens auch kein Korrespondent vor Ort, wenn es etwa in Afghanistan, im Iran oder im Irak kracht. Jetzt könnte man als Fernsehsender natürlich sagen, na gut, dann senden wir halt aus unserem deutschen Studio. Aber das wirkt ein bisschen unprofessionell. Deshalb schalten sie dann zu dem armen Korrespondenten im Nachbarland. Zum Beispiel nach Kairo. Und der muss dann mit zerzaustem Haar mitten in der Nacht erzählen, was er für ein Gefühl hat, wie es wohl im Irak weitergeht. Obwohl der gute Mann natürlich nicht die leiseste Ahnung hat, weil man in Ägypten von den Problemen im Irak etwa so viel mitkriegt wie in Helsinki oder in Walsrode.

Fielmann

Wir befinden uns im Morgengrauen am malerischen See und dort auf einem Bootssteg.

Junge: »Wenn du dein Leben noch mal leben könntest. Würdest du etwas anders machen?«

Papa: »Hm …« – Er erwägt folgende Antworten:

a) »Ich wäre wahnsinnig gerne reich und berühmt geworden, ein Rockstar, die Mädchen hätten sich geprügelt, um mir einen zu blasen …«
b) »Wäre ich doch nur in den Wald gerannt und hätte alles verbrannt, bevor der Russe da war.«
c) »Ich hätte BWL studieren sollen, mehr arbeiten, weniger saufen. Dann müsste ich jetzt nicht mein Gesicht für Werbung verkaufen und so ein peinliches Kassengestell von Fielmann tragen.«

Filmtrilogien

Wenn ein Film sehr gut ist, kann man ihn auch dreimal SEHEN. Nicht DREHEN.

Ottfried Fischer

Der Tölzer Bulle lernt in der Wiener Eden Bar die blonde Michaela kennen und verliebt sich in sie. Als die Romanze ruchbar wird, rudert der gute Otti zurück und erklärt: »Ich war nicht Herr meiner Sinne.« Wenig später bat der bayerische Erotikfelsen seine Gattin Renate: »Nimm mich bitte zurück.« Dann stolperte der Unglückliche auch noch über eine Leitplanke, brach sich die Schulter und ließ sich höchst derangiert von Boulevardfotografen ablichten. Doch dieses fast klassische Dramulett »Otti und Renate in love« endet in einem wunderbaren Happy End: Trotz pressewirksamem Nachgezicke des Bikini-Mädchens nimmt Renate ihr Wollustgebirge zurück (wegen der Töchter).

Nicht beantwortet wurden im Rahmen dieses Skandals allerdings die Fragen, die uns wirklich allen unter der Fernbedienung brennen: Kann man bei dieser Körperfülle noch von Seitensprung reden? Und wie macht der das überhaupt?

Flatrate

Früher war jede Minute wertvoll. Ich bin schnell ins Internet gegangen und habe meine Mails abgefragt. Heute habe ich eine Flatrate und surfe den ganzen Tag sinnlos durch die endlosen Weiten des Netzes. Noch schlimmer ist die Flatratisierung unserer Gesellschaft bei Telefongesprächen. Wie in Gottes Namen soll ich die endlosen Gespräche mit meiner Freundin beenden, wenn nicht mit dem charmanten Satz: »Lass es nicht zu teuer werden, Schatz!«?

Flipflops
Ich beneide Frauen um ihre große Auswahl bei Sommerschuhen. Als Mann steht man da ja mit seinen Stachelbeerbeinen und Hobbitfüßen auf vergleichsweise verlorenem Posten: Sandalen sind nicht mal bei Schulkindern erträglich. Espandrillos kamen ein bisschen aus der Mode. Birkenstock sollten nur Krankenpfleger tragen und die auch nur im Dienst. Vans und Chucks kann man zwar im Sommer an-, aber durch ungute Geruchsentwicklung nicht mehr ausziehen. Halbschuhe sind Italienern und Sachbearbeitern vorbehalten. Also muss man in Flipflops durch den Sommer fluppen, als wäre man ein tumber Bademeister.

Floskeln
»Irgendwas läuft hier echt suboptimal.«
»Ich mein', hallo?«
»Geht's noch?«
»Aishe hat neuen Typen, ichschwöraufkoran.«
»Der geht gar nicht.«

Flughafen-Sicherheitskontrollen
Klaro, Sicherheit geht vor. Vollstes Verständnis meinerseits. Geht der Schutz für uns auch weit genug? Mitnichten! Nur noch Fläschchen mit nicht mehr als 100 ml Fassungsvermögen im Handgepäck? Was bringt denn das? Außer großem Durst oder mehr Umsatz für die Stewardessen? Wir brauchen neue Regeln, die was taugen.

Hier ein paar Vorschläge: Wer einen Bart hat, bleibt generell daheim. Oder bewegt sich mit dem eigenen Verkehrsmittel außerhalb des Luftraumes. Nach dem Check-in kaut man sich mit einem schönen Stück Schweinshaxe durch die erste Sicherheitsschranke. Wer das Schnäpschen danach an der zweiten Schleuse verweigert, bleibt leider ebenfalls draußen. Über heilige Schriften muss ein derber Witz gerissen werden. (Eine einschlägige Witzesammlung ist gegen eine kleine Schutzgebühr erhältlich.) Wer sich davor drückt, läuft – basta! Letzte Prüfung vor dem Einstieg: Malen Sie einen Mohammed! Für Kinder gibt es Mohammed-Bücher zum Ausmalen. Sicher ist sicher.

Foto, das wir nicht mehr sehen wollen
Sobald einem Fotografen nichts einfällt, steckt er ein sexy Model in einen Männeranzug mit weißem Hemd und Krawatte und Weste, schminkt ihm den Mund knallrot und steckt ihm eine Zigarette in den Mund. Diese hängt dem Mädel dann lasziv aus einem ihrer beiden Mundwinkel, während sie mit so viel Schlafzimmer wie möglich in die Kamera blickt. Variationen sind Zigarre statt Zigarette und Hosenträger oder nicht.

Fragen des Alltags
Warum ist die Banane krumm? Wohin sind die Socken nach dem Waschen verschwunden? Warum kocht die Milch beim Kochen so leicht über? Warum kriegt der Specht beim Hämmern kein Kopfweh?

Ist mir eigentlich scheißegal.

Frauenfußball

Was haben der deutsche Frauenfußball und die israelische Außenpolitik gemeinsam?

Beides ist sehr erfolgreich, aber nicht schön anzusehen.

Frauenromane

Waren Sie verheiratet mit einem Massai? Einem tibetanischen Veganer? Einem mongolischen Kannibalen oder zumindest mit einem karibischen Reggaemusiker? Dann schreiben Sie doch einen Bestseller. Das Geheimrezept ist, an einem möglichst weit entfernten Ort mit einem möglichst andersartigen Mann eine möglichst beschissene Beziehung zu führen und anschließend drüber zu schreiben.

Es ist ganz leicht: Fahren Sie in den Urlaub, lernen Sie einen exotischen Mann kennen, der unter den Achseln nach Safran riecht und ein prächtig Genital sein Eigen nennt. Und anstatt sich zwei Wochen lang das Hirn rausvögeln zu lassen und beschwingt wieder zurückzufahren, verkaufen Sie die Eckgarnitur, bringen die Katze ins Tierheim und ziehen zum Schniedel-Massai. Dort werden Sie monatelang beschissen und betrogen, fahren dann wieder nach Hause und schreiben das auf.

Eine Menge Frauen lesen diese Bücher gerne, versichern sie ihnen doch, dass das Leben an der Seite eines anämischen Versicherungskaufmanns in Pentling nicht das Schlechteste ist, das man erwischen kann. Zumindest besser, als in einem staubigen Wüstenzelt zu hocken, gegen hundsgroße Spinnen und bärtige Schwiegermütter zu kämpfen und dabei vom Tuareg und seinen Kumpels tyrannisiert zu werden.

Frauentausch im TV
Kann man die auch gegen was anderes eintauschen? Gegen einen → Plasmafernseher und einen Kasten Bier zum Beispiel?

Frauenzeitschriften
Frauenzeitschriften beschäftigen sich nicht, wie man vielleicht vermuten möchte, mit Frauen, sondern mit Männern. (Männerzeitschriften hingegen beschäftigen sich wiederum fast ausschließlich mit Frauen.) Also, in Frauenzeitschriften erfahren wir, was Männer wirklich wollen, wie sie denken, wovon sie träumen, welche Probleme sie haben und wie wir sie kriegen können. Was sehr praktisch ist, weil der sture Klotz zu Hause ja den Mund nicht aufbringt.

Wie man Männer kriegen kann, ist ein Leitthema. Lange Zeit dachten Frauen, es reiche, die enge Jeans anzuziehen und den Auserwählten hilfsweise ein fest verschraubtes Gurkenglas aufmachen zu lassen. Aber weit gefehlt.

Frauen sollten

- unbedingt ein dezentes Kostüm mit frechen Frühlingsfarben kombinieren
  (»Mir gefällt deine Kombination aus Dezentem und frechen Frühlingsfarben!«);
- sich einen frischen, rosigen Teint zulegen
  (»Frischer, rosiger Teint ist heute aus. Ich hätte noch was in Nikotingelb.«);
- nicht zu kokett sein, aber doch verführerisch
  (»Ich würde dich gerne mit nach Hause nehmen, aber vielleicht auch lieber nicht.« Yeah, Männer lieben so was.);

- Alkohol beim Date nur in Maßen genießen (Mist, Mist, Mist);
- ihn verrückt machen mit Augenaufschlägen, Haare-nach-hinten-Werfen und Hals-Zeigen.

Vielleicht doch lieber die engen Jeans und das Gurkenglas?

Freitag-Taschen

Mittagspause in der Agentur: »So, jetzt hängt jeder seinen → iPod ab, die Freitag-Tasche um und dann gehen wir out for Sushi. Wer seine Tasche nicht quer trägt, zahlt.«

Folgerichtig heißt es auf der trendy Internetseite www.freitag.ch auch nicht »Grüezi, wir machen einen neuen Laden auf«, sondern: »Hey dude we open our container shop.« Fein, dudes. Lastwagenplanentaschen fein zusammenrollen und dann genau dahin stecken, where the sun never shines.

French Manicure

Liebe Damen. Wer noch einmal mit diesen affigen rosaweiß lackierten, gerade abgeschnittenen Fingernägeln ankommt, kriegt was aufs Maul.

Friseur

Ich kenne keine Frau, die jemals zufrieden aus einem Friseurgeschäft gegangen wäre. Das muss doch zu denken geben! Die Friseurin hat keine Chance, denn wir sagen ja immer am Schluss, dass man ganz begeistert sei, wunderbar, doch, ganz was Neues mal, interessant, danke. Ein Trinkgeld schmeißen wir auch noch in das Plastikschwein, das am Tresen steht, wo man eine Unsumme an Geld los wird. Warum ist das eigentlich so teuer? Friseusen verdienen doch fast nichts! Als Erstes, wenn man vom Friseur heimkommt, steht man dann eine halbe Stunde vor dem Spiegel und versucht, alles wieder in Ordnung zu bringen. Man wäscht sich bis zu dutzendmal die Haare, bis man endlich wieder so aussieht wie vorher. Da muss irgendein tieferer Sinn dahinterstecken. Ich komme auch noch drauf, welcher.

Frühstücken in Kneipen

Warum wurde eigentlich irgendwann das Wochenend-Frühstück in die Kneipe verlegt? Statt mit dem Bademantel, einer Zeitung und dem Radio gemütlich am heimischen Küchentisch zu mümmeln und ein weich gekochtes Ei zu essen, schmeißen sich die Leute am Wochenende hurtig in die Klamotten und begeben sich in Etablissements, in denen noch der Bierdunst der letzten Nacht hängt. Wo der Koch Wurst und Käsescheiben aus der Cellophanverpackung pult und Marmelade aus dem 50-Liter-Metro-Kübel in ein kleines Gläschen füllt. Macht acht fuffzig. Ei geht extra und ist immer zu hart. Warum also?

50 ml gratis

»Chef, wir können den Leuten nicht 300 ml Shampoo für 3,50 Euro verkaufen, das ist Wucher!« – »Schreiben Sie ›50 ml gratis‹ drauf. Gratis ist gut, das kaufen die Leute.«

Fußball-Datenbank

Mainz 05 schoss in den vergangenen 25 Heimspielen nur zwei Tore durch Ecken von rechts. Verteidiger, die mehr als zwei Vokale in ihrem Nachnamen haben, kriegen mehr gelbe Karten als Verteidiger, die sich die Schamhaare stutzen. Bei Ostwind gewinnen Mannschaften häufiger, deren Manager eine zweite Fremdsprache in der Schule gelernt haben. In den ersten fünf Minuten der zweiten Hälfte schießt die Auswärtsmannschaft dann häufiger ein Tor, wenn die Mehrheit der Fans Hongkong für einen Gruselklassiker hält. Aha.

G

Liam Gallagher

Diese alte Sau hat bei zwei Fluglinien lebenslanges Flugverbot. Wegen Belästigung von Besatzung und Passagieren und wegen sexueller Belästigung einer Stewardess. Seine Schneidezähne hat er bei einer Schlägerei im Bayerischen Hof in München verloren. Was für ein Arschloch.

Ich wünschte, ich könnte einmal mit ihm um die Häuser ziehen.

Gammelfleisch

Es gibt verstörende Meldungen aus unseren Schlachthäusern. Immer wieder gelingt es Frische-Fetischisten, Skandalgeschichten über älteres Fleisch zu lancieren und mit der abfälligen Bezeichnung »Gammelfleisch« zu verunglimpfen. Grundsätzlich gilt: Ein gut abgehangenes Steak kann fantastisch schmecken. Es kommt immer auf die Lage und den Jahrgang an. Eine 94er Spätlende etwa schmeckt wunderbar nussig-erdig. Ein Stück Eisweinbein aus dem Thurgau entfaltet erst nach 11–13 Jahren sein volles Aroma. Die Filetstücke aus der Region von Chateaux Boeuf bekommen sogar erst nach 25 Jahren die volle Würze im Abgang. Bitte achten Sie auf gleichmäßige und kühle Lagerung. Dazu empfehlen wir einen süßen Senf aus der hintersten Ecke des Kühlschranks – genau, den, der schon zweimal mit umgezogen ist.

Gundula Gause

Meine Lieblingsnachrichtensprecherin. Sie ist so ein bisschen das Aschenputtel des Mediengewerbes. Sie muss immer den langweiligen Nachrichtenblock vorlesen, während Claus Kleber & Co. die tollen Reportagen ankündigen durften. Jeden Tag eine mittelschwere Gasexplosion, ein kleiner Streik in der Provinz und ein Zwischenfall im Gaza-Streifen. Es würde mich nicht wundern, wenn Gundula schon Gaza-Streifen am Oberschenkel hat. Auf jeden Fall finde ich Ihren Namen toll – er passt extrem gut zu ihr.

Gefühlte Temperatur

Ich glaube, Jörg Kachelmann ist schuld. Der hat irgendwann mal die gefühlte Temperatur eingeführt. Kachelmann ist ja ein großer Spezialist für absolut nutzlose Informationen. Wir wissen, wie viele Blitze in Oer-Erkenschwick nachmittags seit 1476 eingeschlagen haben, wo der windigste Ort des östlichen Allgäus liegt, wir erfahren alles über die österliche Niederschlagsmenge auf Fehmarn und was der Wind macht, wenn er nicht weht.

Besonders sinnbefreit ist die gefühlte Temperatur. Es hat 18 Grad, aber nur 16,7 Grad gefühlte Temperatur. Aha. Vielleicht hat aber ein nackter Afrikaner eine ganz andere gefühlte Temperatur als ein Eskimo. Meine Großmutter beispielsweise hatte immer eine gefühlte Temperatur von zu kalt, selbst im völlig überhitzten Wohnzimmer, wo sie immer unter einem Berg von Lamadecken lag. Mein Vater hingegen riss jedes Fenster auf und fühlte sich am wohlsten, wenn sein Atem im Schlafzimmer kondensierte.

Ich bin grundsätzlich kein Freund von Gefühlen in Wetterberichten. Zumindest, solange es mit den Fakten nicht klappt. Was bringt es mir, wenn ich weiß, dass die gefühlte Temperatur morgen 15,4 Grad beträgt, bei leichter Bewölkung, wenn es dann tatsächlich Schneeregen gibt? Meine gefühlte Laune ist dann nämlich total im Arsch.

Generation Golf

Ich weiß, wie es in den achtziger Jahren war. Ich war dabei. Ich hatte eine schreckliche Frisur, fürchterliche Klamotten und hörte schlimme Musik. Genau deshalb möchte ich nicht daran erinnert werden.

Gepixelte Promi-Kinder

Immer wieder sieht man in der Boulevardpresse Prominente, deren Kinder im Gesicht fast bis zur Unkenntlichkeit entstellt sind. Man liest selten darüber, aber es scheint eine schlimme Erkrankung unter Starkindern zu sein: Pixel im Gesicht – igitt.

Germany's Next Topmodel

Das Konzept ist einfach: »Deutschland sucht den Superstar« – nur ohne Gesinge. Ich habe immer schon gesagt, »DSDS« und »Popstars« sind prima, nur die Singerei und → Detlev »D!« Soost nerven.

Wir sind uns alle einig: Deutschland braucht dringend ein neues Supermodel. Deutschland war immer das Land der schönsten Frauen der Welt: → Heidi Klum, Claudia Schiffer, Stefanie Hertel, Gina Lollobrigida, Angelina Jolie, Wayne Carpendale, um nur einige zu nennen. Sind die Fußspuren zu groß für eine Nachfolgerin?

Bei »Germany's Next Topmodel« haben sich natürlich auch ein paar Pummelchen beworben, die nur 1,76 Meter groß waren oder mit 48 Kilo viel zu fett für eine Karriere als Model. Bulimie allein, da waren sich die Juroren einig, reicht allerdings für eine Modelkarriere nicht. Man muss auch bereit sein, über die Kotzgrenze hinauszugehen, wenn es das Schönheitsideal erfordert. Ein perfekter Körper und eine Essstörung machen eben noch kein Model. Man muss auch geradeaus gehen können.

Geschäftsideen

Freunde und Bekannte berichten mir ständig von ihren Geschäftsideen. Eine wirklich coole Bar; eine Bio-Autowaschanlage; eine Betreuungsstätte für Kinder mit Müttern, inklusive Boutique und Café in einer ehemaligen Lagerhalle mit Galerie und angeschlossenem Architekturbüro. Ich habe im Laufe der Zeit festgestellt, dass Leute, die ihre Geschäftsideen verwirklichen, so gut wie nie drüber reden. Ich habe auch ständig Geschäftsideen und versuche, weniger drüber zu reden. Verwirklichen tu ich sie trotzdem nicht.

Geschenke von Kindern

Aufgrund ebenso maßloser wie reizender Selbstüberschätzung bekommt man von Kindern als Zeichen der Zuneigung oft Selbstgemachtes geschenkt. Leider.

Was Kinder schenken:

- Drachenzeichnungen
- Fimo-Tiere, die alle einen langen Hals haben
- Frühstücksbrettchen mit Brandmalerei, wo »Trannosaurus Rex« draufsteht

- drachenähnliche Würste aus Ton
- Jahreskalender, in denen neben jedem Monat ein Bild eines anderen Drachen klebt

Gesundes Essen

Fünfmal am Tag Obst essen – aber nur wenige Südfrüchte, gar keine Ananas (ganz schlecht), Äpfel (aber nicht Granny Smith) und auf keinen Fall Grapefruits (Grapefruits sind böse). Kiwi nicht an Kinder. Milch nicht trinken, ist aber als Milchprodukt ungemein wichtig, also nicht ignorieren. Spinat ja, aber unbedingt zusammen mit etwas Vitamin C. Tomaten nicht aus Holland oder Andalusien. Fisch ist überlebenswichtig, aber nicht den aus den überfischten Meeren. Thunfisch ist nur was für Delphinhasser. Fleisch kann von gesunden Hühnern und ohne Haut gegessen werden, rotes Fleisch ist der Tod.

Das ist alles so frustrierend. Einen Cheeseburger und eine Coke, bitte.

Gesundheitsreform

Ich bin total verunsichert. Was bedeutet die Gesundheitsreform für mich persönlich? Kostet die Apothekenrundschau jetzt was? Kriege ich weiterhin kostenlose Papiertaschentücher von meinem Apotheker? Darf ich noch die *Gala* im Wartezimmer lesen oder gibt es in Zukunft nur noch *Bild der Frau*? Darf ich weiterhin gleich zum Doktor rein oder muss ich mich ins Wartezimmer setzen wie die Kassenpatienten?

Keine Angst. Bleibt alles beim Alten. Nur die Beiträge werden teurer.

Gesundheitswahn
Heute schon eine Darmspiegelung gemacht? Ne? Ich mache jeden Tag eine Darmspiegelung. Daheim im Bad. Vorsorge ist neben Prophylaxe und Verhütung das Wichtigste im Leben. Ich will nämlich hundert Jahre alt werden. Warum? Keine Ahnung. Einfach so. Um die Rentenversicherung zu ärgern. Ist doch eh alles verboten. Rauchen, saufen, huren. Alles ungesund. Das Einzige, was heutzutage noch erlaubt ist, sind Darmspiegelungen. Bei diesem ganzen Gesundheitswahn geht es doch nur noch darum, möglichst lange nicht zu sterben. Aber wo bleibt das Leben?

Ich finde, diese ganzen Gesundheitsapostel können sich ihre Darmspiegelungen in den Arsch schieben.

Gewürze
Kann man noch tiefer unten sein? Noch unbeliebter? Noch missliebiger? Noch unpopulärer? Der Knoblauch ist der → Dieter Bohlen unter den Gewürzen. Es ist jammerschade, wie es mit dieser wunderbaren Gewürzpflanze immer weiter nach unten ging. Die Vanille des armen Mannes. Er wurde als Indikator der osmanischen Invasion in unseren Kulturkreis gebrandmarkt. Ein Atemluftverpester, der direkt ins soziale Abseits führt. Knoblauch hilft nicht mehr nur gegen Vampire und Geister, sondern gegen fast alle Mitglieder unserer Gesellschaft.

Es war schließlich der Bärlauch, ein naher Verwandter, der dem Knoblauch den Judaskuss gab. Seit einiger Zeit steht der Bärlauch im Mittelpunkt des Gewürzkosmos. Die Pflanze, die auch Hexenzwiebel, Latschenknofel oder Zigeunerlauch genannt wird, genießt den ganzen Glamour. Der Bärlauch ist noch gesünder und noch verträglicher als Knoblauch. Er dominiert das moderne Pesto, brilliert in der Suppe und glänzt sogar in Würsten. Ein wahrer Star. Und dennoch ist er dabei sehr bodenständig und bescheiden geblieben.

GEZ

Letztens stand wieder einer bei mir vor der Tür. »Haben Sie Ihre Radio- und Fernsehgeräte angemeldet?« Das war heikel. Zuerst dachte ich, das ist einer von den Zeugen Jehovas, diese armen Teufel klingeln auch öfters. Ich habe geantwortet: »Ich besitze weder einen Fernseher noch eine Stereoanlage noch einen Computer noch ein Radio.« Da hat mich der Kontrolleur von der GEZ skeptisch angeblickt und gefragt: »Dürfte ich mich davon mit eigenen Augen überzeugen?«

Ich sprach: »Es wäre mir eine große Freunde, Sie in meinem Wohnzimmer zu einem Gläschen Wein und Keksen einzuladen, aber leider kommt in fünf Minuten meine Lieblings-Telenovela und ich habe keine Zeit.« Dann habe ich schnell die Tür zugeschlagen. Er hat noch ein paarmal geklingelt und an die Tür getrommelt. Dann ist er gegangen.

Jetzt kriege ich wieder öfters diese GEZ-Briefe, von denen ich noch nie in meinem Leben auch nur einen einzigen geöffnet habe.

Mel Gibson

Das ist wirklich mies, wie die Leute mit Mel Gibson umspringen. »Zuckertitte« soll Gibson eine Polizistin genannt haben, die ihn auf seiner beschwipsten Autofahrt gestoppt hat. Was ist denn daran bitte schlimm? Ich kenne Frauen, die wären froh, wenn ein Mann sie mal »Zuckertitte« nennen würde. Dann hat Mel Gibson die Polizistin gefragt, ob sie jüdisch sei, und anschließend behauptet, Juden seien an allen Kriegen dieser Welt schuld. Ich hab das bei → Wikipedia recherchiert und bin zu folgendem Ergebnis gekommen: Das ist nicht ganz korrekt. Zum Beispiel Adolf Hitler oder George W. Bush sind keine Juden gewesen. Aber hey, ich habe schon Quiz-Shows gesehen, da haben die Leute viel schlimmere Fehler gemacht. (Frage: »Wie heißt der siebte Wochentag?« Antwort: »April.«)

Warum ist man da ausgerechnet mit Mel Gibson so streng?

Glaubensbekenntnisse

Wenn man jemanden fragt: »Glaubst du an Gott?«, bekommt man nur blöde Antworten:

- »Jetzt nicht so wie in der Kirche, aber ich glaube schon, dass da irgendwas ist.«
- »Ich glaube nicht, ich weiß es.«
- »Ich bin am ehesten noch Buddhist.«

Glückskekse

Jetzt mal ganz ehrlich. Stellen Sie sich vor, Sie wären Chinese. Und hätten ein bescheidenes Restaurant in einer deutschen Kleinstadt-Fußgängerzone, zahlten an das deutsche Finanzamt die Hälfte Ihrer Einnahmen, plagten sich mit den Aufenthaltsgenehmigungen Ihrer Angestellten, kämpften mit den Li-La-Laune-Bären des Ordnungsamtes und bewirteten tagtäglich Gäste, die nach Zahlen bestellen, weil sie zu doof sind, Ihre Gerichte auszusprechen.

Würden Sie denen wirklich Glückskekse schenken?

Granatapfel

Die wohl zentrale gesellschaftliche Entwicklung des 21. Jahrhunderts ist der Bedeutungsgewinn des Granatapfels im Frischwarenhandel, während der Rucola, die italienische Primadonna unter den Salaten, in der Post-Berlusconi-Ära viel von seinem Einfluss verloren hat. Gerade in den ultramodernen Trendhaushalten wurde dieser geniale Antipode des Balsamico radikal vom kleinen Lattich abgelöst, der als Newcomer die Salatschüsseln von Zürich bis Zürs derzeit souverän beherrscht. Stark sind indes die konservativen Kräfte unter den Südfrüchten. Stoisch sitzen die Oligarchen Banane, Kiwi und Orange ihre Marktführerposition aus. Die Ananas profiliert sich mit einer radikalen 2-Klassen-Positionierung: Die Schiffsananas für die → Unterschicht wird roh geerntet und reift monatelang im Bauch eines Frachters. Die Flugananas für uns Leistungsträger wird in der Business-Class eingeflogen. Die Erdbeere hat ihr soziales Prestige komplett eingebüßt und ist zur Proletenfrucht für Selbstpflücker geworden. Völlig am Abkacken ist die Johannisbeere, die einfach nicht mehr zum deutschen Selbstverständnis nach der Weltmeisterschaft passt – da fehlt das optimistische Moment im Abgang. Hoffnungsträger der Generation → iPod hingegen ist der grüne Spargel, der seinen dicken weißen Bruder längst zum Relikt aus der Ära Marius Müller-Westernhagen degradiert hat.

Günter Grass
Heil Butt!

Greenpeace
Katastrophenjahr für Greenpeace. Der Wald stirbt ums Verrecken nicht. Die paar schwindligen Meter, die die Gletscher jedes Jahr schmelzen, interessieren allenfalls die österreichische Abfahrtsnationalmannschaft. Das Ozonloch belebt die Sonnencremeindustrie. Die Klimaerwärmung füllt die Straßencafés. Die meisten Wale sind immer noch nicht ausgestorben. Wie soll das weitergehen, wenn sich die Umwelt weiterhin so unkooperativ verhält?

Griechische Reeder
Bevor die blonde Hotelschlampe ihren griechischen Reeder doch nicht geheiratet hat, waren Reeder in meiner Vorstellung ältere Herren aus dem Norden mit Vollbart, halb Käpt'n Blaubär, halb Maggi-Fix-Leuchtturm-Figur. Inzwischen hat sich dieses Bild gewandelt; der Branche haftet ein Hauch von Glitter an. Spätestens nachdem Oli Kahns Schnecke auf einen Typen reingefallen ist, der behauptete, Sohn eines griechischen Reeders zu sein. Da liefen plötzlich alle Jungs mit T-Shirts rum, auf denen stand: »Ich bin Sohn eines griechischen Reeders.« Griechischer Reeder hat in der Traumberufskala den Feuerwehrmann längst abgelöst.

Grimme-Preis
»Günter, du hast zu Recht diesen Gebrüder-Grimm-Preis bekommen.« Mit diesen Worten lobte Franz Beckenbauer

den verdutzten Günter Netzer anlässlich der Verleihung des Adolf-Grimme-Preises.

Große Koalition
»Eine große Koalition wird es nicht geben.«
→ Angela Merkel, 23. Juli 2005

Große Kopfhörer auf offener Straße
Mir leuchtet ein: Ein bisschen Musik hören, wenn man unterwegs ist – launig und schön ist das und man schottet sich ein wenig von allzu vielen Mitmenschen ab. In Hiphopkreisen werden die Kopfhörer aber größer, als ich glauben kann! Gerade die müssen doch gar nicht so genau hinhören, know-what-I'm-sayn', Motherfucker yo du Oldschool-Arschnase? Das braucht keine klangliche Brillanz. Im Vergleich zu Jazz oder klassischer Musik … Moment mal, ich klinge schon wie mein Papa.

H

Gunther von Hagens
Dieser Hut ist echt das Allerletzte. Das muss mal gesagt werden.

Halbgetönte Brillen
Werden von Bono und Marius Müller-Westernhagen getragen. Sehen wirklich beknackt aus.

Halloween
Halloween ist der hässliche, jüngere Bruder des Valentinstags. Karneval für kleine Arschlöcher. Niemand weiß, warum wir Ende Oktober auf Partys mit ekligen Spinnweben gehen sollen, verkleidet als warzige Hexen, schwindlige Geister, Vampire mit Plastikzähnen oder sonstiges Ekelvolk. Klar, die Industrie will uns ein paar Euro aus der Tasche ziehen für Gummimasken oder weiße Gruselschminke. Denn wir wollen doch unheimlich furchteinflößend aussehen, schauerlich, furchtbar, kurzum: total beschissen. In dieses Gruselkabinett passt natürlich nichts besser als das Trampel unter den Gemüsen: der Kürbis. Ausgehöhlte, enthirnte Kürbisfressen stieren uns mit leeren Augen an. Nervige Kinder klingeln und verlangen Süßigkeiten, bis wir sie mit dem Besen vertreiben. Wir sollten diesen Brauch der Ame-

rikaner ähnlich willkommen heißen, wie das die Iraker tun würden.

Waldi Hartmann

Nie hat → Harald Schmidt so geglänzt wie neben Waldemar Hartmann. Das ist keine große Kunst, denn neben der bayerischen Duz-Labertasche würde selbst Reinhold Beckmann wie ein talentierter Showmaster wirken. Selten war die Fernsehnation so geschockt wie an dem Tag, an dem sich der lallende Weißbiertanker den Oberlippenbart rasiert hat. Aus dem sympathischen Walross wurde ein schreckenerregender Nacktmull. Pünktlich zu den Olympischen Spielen dachte Waldi dann plötzlich und unerklärlicherweise, er sei jetzt ein Comedian. Womöglich findet sich ein einfühlsamer Psychologe, der ihm die Wahrheit beibringt. Bitte melden!

Hauptschule

Ich kenne Hauptschulen nur aus dem Fernsehen. Da gibt es oft ganz interessante Reportagen, die sich mit dem Leben der dort ein- und ausgehenden Menschen beschäftigen. Das können wir uns ja gar nicht vorstellen, wie die leben. Wenn du die fragst: »Welchen Einfluss hatte Caspar David Friedrich auf den späten Impressionismus?« oder »Wie unterscheidet sich Senecas Frauenbild von dem der spanischen Aufklärer?«, dann wissen die das nicht. Die haben nicht den leisesten Schimmer.

Ich dachte immer, diese Leute wären wirklich arm. Die würden den ganzen Tag auf alter Brotrinde rumkauen und mit meinen alten Prada-Pullis rumlaufen, die ich immer donnerstags für das Rote Kreuz vor die Tür lege. Aber das stimmt nicht. Die haben MP3-Player, Fotohandys und die neuesten Turnschuhe, obwohl die Familien teilweise schon in der 24. Generation von Sozialhilfe leben.

Ich schaue mir diese Reportagen gerne an. Mir läuft da immer so ein wohliger Schauer den Rücken herunter. Die leben ja im Grunde im selben Land wie wir. Man könnte so einem Hauptschüler also auch mal begegnen.

Stephen Hawking

Letztens habe ich gelesen, dass Stephen Hawking seine Frau verlassen hat, weil er sich in eine andere verliebt hat. Ich wusste ja, dass er sich für schwarze Löcher interessiert. Aber kommt es da noch – zum Urknall? Mich geht's ja nichts an, aber es würde mich schon interessieren. Zumindest mehr als die Frage, ob die Erde durch einen beschissenen Urknall entstand oder nicht.

Heilfasten

Einmal den Verdauungsapparat richtig säubern. Von innen heraus. Am besten mit Darmspülung kombinieren. Damit da mal alle Giftstoffe rauskommen. Demnächst lasse ich mir auch den kompletten Blutkreislauf einmal reinigen. Das muss da drin ja aussehen – und die Haare kommen auch ab. Was sich in denen an Gift speichert, das geht auf keine Kuhhaut. Da wische ich dann noch die Gebärmutter feucht aus und lasse mir die Fingernägel abziehen, dann ist eigentlich alles gemacht. Man muss sich eben ab und zu was Gutes tun.

Heimliche Hochzeiten

»Heimliche Hochzeit. Volksmusiktrine und Schlager-Schorsch haben sich getraut. 24 Seiten mit den besten Farbfotos.« Die Heirat war so geheim, dass nur sieben Fotoagenturen davon erfahren haben.

Pssssst. Ich weiß ein sehr heimliches Geheimnis. Top Secret. Wollt ihr es wissen?

Die verarschen uns.

Holzspielzeug

Seien wir ehrlich: Ein Spielzeug muss quietschbunt, laut und auf jeden Fall aus Plastik sein. Alles andere kaufen sich Erwachsene, weil es besser zu ihrem Parkett passt.

Hosen mit Gesäßbeschriftung

Ich sehe immer öfter Leute, bei denen steht »Juice« auf dem Hosen-Hintern. Also »Saft«. Vielleicht bin ich etwas konservativ, aber ich möchte eigentlich weder Saft auf noch in der Hose haben. Ich bin froh, dass die Zeiten mit dem Hosen-Saft endlich vorbei sind (bzw. noch nicht wieder angefangen haben). Auch sonst lehne ich die rektale Beschriftung des Beinkleides ab. Das lenkt doch nur vom Arschgeweih ab.

Hotelabzocke

Viele Hotels erfreuen die meist männlichen Geschäftsreisenden mit einem erotischen Fernsehprogramm. Die Pay-TV-Filme aus dem Segment »Für Erwachsene« kosten allerdings bis zu 15 Euro. Aber das Schlimme ist nicht der hohe Preis, sondern vor allem die peinliche Situation beim Bezahlen. Wenn ich beim Auschecken an der Rezeption stehe, dann sorge ich mich schon, dass die Rezeptionistin mehr sagt als das lapidare: »Dann haben wir noch einen Movie. War noch was aus der Minibar?« Ich erwidere immer so was wie: »Der neue Film von Woody Allen war echt spannend und hatte viel Action.« Aber was wäre, wenn die Rezeptionistin mal sagen würde: »Da habe ich noch die Filme ›Analdin und die wunde Schlampe‹, ›Die Reise zum G-Punkt der Elke‹ und ›Anale Grande‹ – soll ich das auf die Firmenrechnung schreiben?« Ich hatte schon den Alptraum, dass in diesem Moment gerade eine Schulklasse durch die Hotellobby geführt würde. Aus meiner Angst heraus habe ich eine andere Technik entwickelt. In manchen Hotels kann man rund eine Minute kostenlos Pornos gucken, also ein wenig in den Film hineinschnuppern, erst dann wird der Kanal gesperrt. Ich habe festgestellt, dass man diese Minute wieder zurücksetzen kann, indem man den Fernseher von der Antenne trennt und eine Minute aussteckt. Bin ich der einzige Mann, der damit experimentiert? Ich kann das allerdings nicht wirklich empfehlen. Es ist sehr schwer, mit dieser Technik am Ball zu bleiben.

Hotelbildschirmbegrüßung

Ich will nicht von meinem Fernseher im Hotelzimmer begrüßt werden. Ich pflege gerne ein sehr unpersönliches, fast anonymes Verhältnis mit meinen Fernsehern. Ich muss sogar gestehen, dass ich noch nie in meinem Leben einen Fernseher begrüßt habe. Wohl deshalb erwarte ich es auch nicht im Gegenzug.

Hotelrätsel

- Welche Zahl muss ich drücken, um rauszutelefonieren?
- Wo ist der Fön?
- Wie funktioniert der Umschaltmechanismus vom Badewannenwasserhahn auf die Duschfunktion?
- Wo habe ich meine Zimmerkarte hingelegt?
- Warum ist die Dusche entweder brühheiß oder saukalt?
- Wo ist der Hauptschalter fürs Licht?
- Wie war noch mal der Code vom Zimmersafe?

Michel Houellebecq

Französischer Autor, der tolle Bücher geschrieben hat. Am tollsten ist aber, wie die Leute seinen Namen aussprechen: Höllebeck oder Hühlebez oder Ölebec, die Amis sagen Wellbech, die Schweden Hörleborg. Nicht zu verwechseln mit seinem Kollegen Fräderick Bäsch-Peter. Und dann gibt es natürlich die Fernsehsendung mit dem Bättschler. Das ist der mit den Rosen.

Hüfthosen

Kein gesunder Armamputierter käme auf die Idee, sich Handschuhe oder Fäustlinge zu kaufen. Ebenso wenig schmeichelt Menschen ohne Ohren eine Brille und Zehenlose sind mit → Flipflops schlecht bedient. Klingt logisch, oder? Wer also in drei Teufels Namen presst all diese pummeligen Mädchen in Hüfthosen?

Humorprodukte
Damals, als wir alle die Plastikspinne im Zuckerwürfel als Gimmick von *Yps* wahnsinnig komisch fanden, war die Welt noch in Ordnung. Irgendwann aber kommt jeder auf dem Weg der persönlichen Humorfindung an eine Gabelung. Die einen schlendern zu Woody Allen, Monty Python und Douglas Adams, die anderen stolpern in Richtung Furzkissen. Vom Furzkissen ist es ein Katzenklosprung zu Mützen mit Rasta- oder Pippi-Langstrumpf-Zöpfen, zu T-Shirts mit Aufdrucken wie »Bier formte diesen Körper« oder »Ich bin 30. Bitte helfen Sie mir über die Straße«, zu → Stefan Raab und Ingo Appelt. Dieser steinige Weg führt vorbei an Hausschuhen, die wie übergroße Tigerpfoten aussehen, und führt in ein dunkles, kaltes Tal, in dem alte Otto- und Loriot-Sketche nachgemacht werden.

Hundehalter
Hundehalter haben sich sehr gewandelt. Wer heute was auf sich und seinen Pfotenkumpel hält, ist nicht mehr einfach nur das »Herrchen« oder »Frauchen«, das mit dem Fiffi um den Block geht und ihm abends ein paar Frolic in den Napf schüttet. Nein. Heute sind das Tierpädagogen. Die mit ihrem Hündchen von Anfang an in die Spielgruppe gehen im Park, damit das Tier soziale Umgangsformen im Rudel lernt. Da werden dann Tipps und Tricks ausgetauscht und nebenbei wird mit bangem Blick beobachtet, in welchen Platz der Rangordnung sich der eigene Köter hineinwinselt. Frolic ist außerdem die Cola im Waldorf-Kindergarten: blöd, kapitalistisch, verzuckert, irgend so was. Wer auch nur den Hauch einer Ahnung hat, füttert zumindest Eukanuba. Besser noch

Hill's Science Plan. Fiffi als Name ist natürlich auch nicht zeitgemäß. Hunde heißen jetzt Herbert, Paul oder Hugo. So, wie Kinder früher hießen.

Michelle Hunziker

Hatte laut Boulevardpresse seit Jahrhunderten keinen Sex mehr. Liegt vielleicht an ihrem Nachnamen. Ich wundere mich, dass die den noch nicht geändert hat – in Chérell, Chatrieu oder Chirinne oder so. Dass sie das nicht getan hat, ist mir ein bisschen sympathisch. Und das wiederum ist mir fast ein bisschen unangenehm.

Hurrikan

Der Hurrikan ist das Musikantenstadl unter den Winden. Auf der einen Seite ist er grauenhaft und kann Menschen unglücklich machen. Andererseits ist er berechenbar und begegnet einem immer wieder an denselben Orten. Wer um Viertel nach acht in den Öffentlich-Rechtlichen herumschaltet, darf sich nicht wundern, wenn er in eine verheerende Volksmusiksendung hineingerät. So ist es auch mit den Hurrikans. Wer sich am Strand von Florida ein Haus baut, muss damit rechnen, dass es alle paar Jahre weggeblasen wird. Es ist auch nicht uneingeschränkt empfehlenswert, Gebäude auf Vulkanen zu bauen. Auch unter Wasserfällen, auf Gletschern, in heißen Quellen und im San-Andreas-Graben ist es nun mal gefährlich, da kann es schon mal Ärger mit der Natur geben. Nervig ist nämlich nicht der Hurrikan an sich, sondern sind die klagenden Leute, die alle Jahre wieder ihre Fenster vernageln und dann unter großem Gejammere die paar Bretterhaufen zusammenkehren, die von ihrem Haus übriggeblieben sind. Und dann wollen sie den Schaden auch noch durch Spenden bezahlt haben.

Hybridautos

Ich fahr jetzt mit Strom. Für die Umwelt. Mein Toyota Prius sieht zwar scheiße aus, fährt dafür aber mit Strom aus rumänischen Atomkraftwerken, bulgarischen Kohlekraftwerken und indischen Tempelhurenverbrennungsanlagen. Ne, ehrlich gesagt weiß ich gar nicht, woher der Strom kommt. Aber es kommt eben nichts mehr hinten aus dem Auspuff raus und deshalb fühlt sich das viel ökologischer an. Eigentlich fahr ich gar nicht wegen der Umwelt mit einem Hybridmotor, sondern weil ich mein Geld nicht in das Öl der arabischen Terrorscheichs und ihrer Luxusnutten-Harems investieren will. Also aus Intoleranz gegenüber Ausländern und Andersgläubigen. Nebenbei würge ich den arroganten deutschen Automanagern auch noch eine rein, weil die es verbummelt haben, auf neue Technologien zu setzen, und unterstütze gleichzeitig die japanische Walfänger- und Delphinmörderindustrie. So ein Hybridauto ist eben ein politisch herrlich unkorrektes Auto.

I

ICE

Seit Max Goldt das mal erwähnt hat, fällt mir das auch immer wieder auf: dieses Schmunzeln auf den Gesichtern der Leute in der 1. Klasse im ICE, wenn der Schaffner Durchsagen auf Englisch macht.

»Ich möchte Ihr Auto kaufen«-Zettel

Als das erste Mal ein »Ich möchte Ihr Auto kaufen«-Zettel im Türschlitz meines Wagens steckte, war ich überrascht, aber hoch erfreut. Ich konnte mein Glück gar nicht fassen. Ich habe augenblicklich die Handynummer des ausländischen Gebrauchtwagenhändlers gewählt und ihm gratuliert. »Sie haben eine ausgezeichnete Wahl getroffen«, brüllte ich ins Telefon. »Mein Lancia Kappa ist zwar schon 14 Jahre alt, und klar hat er schon die eine oder andere Rostbeule, so ein Italiener rostet nun mal schnell. Er verbraucht 18 Liter auf hundert Kilometer und steht rund zehn von zwölf Monaten gelähmt in der Werkstatt. Aber sie kennen sich ja gut aus mit Autos, da können sie öfters mal was selber reparieren. Wann möchten Sie den Wagen denn abholen und wie viel möchten Sie bezahlen?« Da hat mich der Mann recht barsch abgewimmelt: »Ich Lancia nix kaufe.«

Später habe ich dann bemerkt, dass jedes Auto in der Straße so einen Zettel in der Tür stecken hat. Das Kaufinteresse ist nur geheuchelt. Mittlerweile hängt fast jeden Tag so ein verlogener Wisch an meiner Autotür. Aber jedes Mal rufe ich wieder an und preise meinen Lancia an. Die Verkäufer sind schon so genervt von meiner unverkäuflichen Dreckskiste, dass sie hoffentlich eines Tages aufhören werden mit diesem Zettel-Spam.

IKEA

Das Gute an IKEA sind die Hot Dogs. Das Schlechte an den Hot Dogs ist IKEA. Außer Teelichtern bekommt man nämlich nie das, was man will. Und die will man eigenlich auch nicht. Man kauft sie aus reiner Not, weil man nach drei Stunden weiß, dass alle »Blödsitsen« oder »Lümmelstrum« ums Ärschläcken vergriffen sind.

Man kriegt nicht nur nicht das, was man will, man verliert sogar oft, was man hat. Die Freundin zum Beispiel, weil sie den saublöden Fehler gemacht hat, von der Teppich-Abteilung noch mal zu den Sofas zurückzugehen – und zwar durch die Abkürzungen! Es soll Leute geben, die bei so was nie wieder aufgetaucht sind. Da hilft es dann auch nicht, sich auf der Suche nach Unterstützung ans Personal zu wenden: »Sonja? Nee, ist vergriffen.«

In- und Out-Listen

Ich liebe In- und Out-Listen. Nur finde ich, dass bei diesen Listen auf ein grundsätzliches Problem geachtet werden sollte. In ihnen dürfen sich eigentlich nur Phänomene wiederfinden, die in oder out sein können. Das heißt, sie sollten den Moden des Zeitgeists unterliegen. Wer In- und Out-Listen studiert, stößt allerdings oft auf Dinge, die eigentlich immer in oder immer out sind. Anbei ein paar Beispiele für Phänomene, die ich nicht darin lesen möchte.

In:

- blühende Frühlingswiesen
- gesund sein
- die Liebe des Lebens finden

Out:

- Krawatten, die nicht zum Hemd passen
- im Lift furzen
- Holocaust

Individualisierung

Folgende Modeaccessoires zur Abgrenzung der Persönlichkeit sind nicht mehr zu tolerieren:

- ein Ring am Daumen
- die Armbanduhr am rechten Arm oder mit dem Zifferblatt auf der Armunterseite tragen
- Zehenringe
- Fuß- und Bauchkettchen,
- Feinlinienbärte, Arschkitzler und andere verzweifelte Grunge-Bart-Experimente
- Henna- und Klebetattoos. Echte Tattoos übrigens auch.

Integrationsverweigerung

Ein Leserbrief:

»Da wohnen die seit Jahren bei uns, mit uns, unter uns und haben sich immer noch nicht angepasst, eingefügt, verinnerlicht, dass sie wo sind, wo man sich halt an gewisse Spielregeln halten muss. Das müssen die halt akzeptieren. Die können ja noch nicht mal unsere Sprache! Vielleicht wäre eine Art Einwanderungstest gar nicht schlecht. Wer nicht wenigstens die autonomen Regionen aufzählen kann, darf nicht bleiben.«

Ihr Esteban

(Aus: *La Vanguardia*, Leserbrief über die Auswirkungen deutscher Einwanderer auf Mallorca)

Internetbekanntschaften

Als der Erste im Freundeskreis sich mit einer Frau verabredete, die er über das Internet kennengelernt hatte, waren wir ernsthaft besorgt ob seiner sozialen Verelendung. Außerdem hofften wir, dass er nicht irgendeinem Wahnsinnigen in die Hände fiel, der sein Glied verspeisen würde. Kam dann aber nicht so. Der Wahnsinnige war eine Sie und die Sache mit dem Gliedverspeisen – na ja, die war auch ganz anders.

iPod

Meisterliche Erfindung, dieser iPod. Selbst Leute, die sich einen Scheiß für Musik interessieren, haben einen. Man will ihn nämlich nicht einfach nur haben, um unterwegs ein bisschen Mucke zu hören. Er ist der Personalausweis der Generation iPod. Das Tor zum modernen Leben. Die Fähre über den Fluss der Spießigkeit ans Ufer des Zeitgeists. Das Spaceshuttle ins Universum der Coolness. Der Jakobsweg zum Lifestyle.

Irish Pubs

In ein Irish Pub geht man nur, weil es die nächstgelegene Kneipe ist. Leider ist überall ein Irish Pub die nächstgelegene Kneipe. Das Irish Pub ist die Flasche Mariacron unter den Kneipen – nur in Notfällen greift man darauf zurück. Es sind da immer ein paar Leute drin, die man noch nie in seinem Leben gesehen hat und die man auch nie wieder sehen möchte. Außerdem wird ein Mordsgetue gemacht um alles, was mit Kleeblättern zu tun hat und um diese kleinen, bedruckten Handtücher. Ich kann mich sogar erinnern, dass es Leute gab, die sich diese Handtücher auf die Jacken genäht haben – gibt es die eigentlich noch? Das waren vielleicht Arschnasen.

Islamismus
Ich möchte eigentlich ungern mein Leben lang unter falschem Namen wegen Morddrohungen von mehreren Bodyguards geschützt dahinfristen, bloß weil ich geschrieben habe, dass ich mal in Dänemark im Badeurlaub war. Wie kann es eigentlich sein, dass wir uns von islamistischen Fundamentalisten Angst einjagen lassen? Noch dazu in unserem eigenen Land. Ich finde, diese Leute sollten dänische Flaggen verbrennen und sich selbst hinterher.

It-Bags
It-Bags werden in zwei bis drei Monaten die Weltherrschaft übernehmen.

J

Jammern auf hohem Niveau

»Das ist wirklich Jammern auf hohem Niveau.« Dieser Satz ist ab sofort nur noch in folgenden Situationen zulässig:

- wenn der Arbeitgeber in bedauerlichem Tonfall erklärt, die eigene Arbeitsleistung hätte im letzten Jahr stark nachgelassen;
- wenn die Mieten für Liegeplätze im Yachthafen von Monaco wieder mal gestiegen sind;
- wenn die Partnerin bittet, beim Sex auch mal an sie zu denken;
- bei der Betrachtung der Arbeitslosenzahlen im Osten.

Japan-Style

Fassen mir mal zusammen: Japaner können im Stehen schlafen und stehen auf getragene Slips. Sie überreichen Visitenkarten mit beiden Händen und verschenken Bierdosen, weil man die ohne viel Gedöns einfach weiterschenken kann. So weit, so befremdlich. Nun sind wir froh, dass wir den Intimfeind unserer Autoindustrie einigermaßen auf Distanz halten konnten. Dachte ich. Aber jetzt hat uns der armselige Lifestyle der Sushifresser doch eingeholt. Das Zeug aus dem Land des schadhaften Geschmacks ist nämlich total im Trend. Besonders der schlichte, radikal einfache, aufs Wesentliche reduzierte, überteuerte Tand von Muji.

Jedefrau

Aus. Vorbei. Schluss. Jetzt haben uns die Emanzen. Der Duden hat das Wort »jedefrau« in seiner neuesten Ausgabe aufgenommen, als weibliche Form von »jedermann«. Bald dürfen wir bestimmt auch nicht mehr »Mitglied« schreiben. »Fräulein Ottersen, sind Sie eigentlich Mitmöse beim ADAC?« – »Nein, Herr Professor, noch nicht. Aber bald.«

K

Kabbala

Lasst uns eine Sekte gründen. Irgendwas Mystisches. Vielleicht so eine alte jüdische Niederschrift ausgraben wie die Sohar. Dann brauchen wir noch einen Sektenchef. Scheißegal wer. Kann auch ein ehemaliger Versicherungsvertreter sein. Hauptsache, er macht auf dicke Hose. Am besten, er behauptet, er habe den »DNA-Code des Universums« geknackt. Das klingt modern und pfiffig. Wir brauchen noch ein paar Promis, die kostenlos Werbung für uns machen. Das werden wahrscheinlich nur totale Dumpfbacken tun, so wie Madonna, Paris Hilton, David Beckham und Britney Spears. Aber immerhin. Jetzt wollen wir natürlich auch noch Kohle verdienen. Wir könnten rote Bändchen für 20 Euro das Stück verkaufen (»weil es siebenmal um Rachels Grabmal im Westjordanland gewickelt wurde«). Und (»reinstes artesisches«) Kabbala-Wasser für vier Euro pro Liter. Da würden sich bestimmt irgendwelche armseligen Schwachköpfe finden, die das kaufen. Womöglich könnten wir in Zukunft sogar Kabbala-Luft anbieten. Für tausend Dollar pro Atemzug. Da sollten wir mal drüber nachdenken.

Kaffeeautomaten mit Kapseln

Welch wunderbare Idee der Kaffeeindustrie: Kaffeekapsel reindrücken – fertig ist die Brühe. Da steckt natürlich die gute alte Druckerpatronen-Strategie dahinter. Man verkauft den Leuten billige Geräte und zockt dann mit der Füllung ab. Das finde ich so gemein.

Kaffeegourmets

»Due caffé ristretto bitte, con panna, doppio, aber forza prego. Ich nehme dazu einen Kaisermelange und einen café fouetté, also mit Rum beträufelt und mit Mandeln verziert. Welche Mandeln verwenden Sie hier? Ach so, dann trinke ich lieber noch ein Tässchen Kopi Luwak. Der wird aus vom indonesischen Fleckenmusang ausgeschiedenen Bohnen gewonnen. Ja, korrekt, ich trinke Kaffee aus Meerkatzenscheiße, aber nur, weil ich ein Kaffeegourmet bin, der allen tierisch auf den Sack geht mit seinen Sonderbestellungen.«

Kampfhunde halten, die einen selbst anfallen

Wenn sich eine Familie mit drei Kindern einen Hund anschafft, ist das nicht das Schlechteste. Aber warum einen Kampfhund? Verstecken die ihren Kindern auch Tretminen zu Ostern? Ist es dieser gewisse Kitzel, der den Alltag aufregender macht – »Schatz, sind die Kinder noch am Leben?«

Was ist falsch an einem Dackel?

Natascha Kampusch

Für mich ist Natascha Kampusch neben Bär Bruno der Star des Sommers 2006. Einfach toll, wie die das weggesteckt hat. Da ist dieses Mädchen acht Jahre lang eingesperrt im Verlies dieses fürchterlichen Herrn Priklopil, dann kann sie sich endlich befreien und gibt gleich so ein spitzenmäßiges Interview im Fernsehen.

Ist natürlich auch toll, dass die so gut aussieht. Im Grunde ist es der ja nicht viel anders ergangen als → Murat Kurnaz. Unschuldig gefangen. Kurnaz wurde womöglich noch schlechter behandelt. Aber mit dem will man sich nicht so identifizieren. Ich möchte mir gar nicht vorstellen, was passiert wäre, wenn Natascha Kampusch versehentlich jahrelang unschuldig in Guantanamo gefangen und gefoltert worden wäre. Da hätten die Amis mal ein richtiges Problem. Da hätten wir nämlich monatelang aus Protest keine Freedom Fries mehr gegessen.

Kannibalismus

Ich wäre da schon gerne dabei gewesen, als Armin M. und sein Internetspezi am Tisch saßen und gemeinsam das soeben abgetrennte Genital verspeisten. Was haben die beiden wohl geredet? »Magst du deine Eier lieber hart oder weich?« – »Ich zaubere uns eine ganz feine Weißwein-Schalotten-Sauce dazu.« – »Hmmmm. Dein Glied ist aber mager.« – »Du, mir ist ein bisschen blümerant, weil ich gerade sechs Liter Blut verloren habe.«

Kannibalismus konnte sich als Gastro-Trend nicht durchsetzen.

»Kannst du mir die brennen?«

Nein.

Karaoke
Karaoke ist eine fernöstliche Virusinfektion, die von Mund zu Ohr übertragen wird und den Patienten in geselliger Runde glauben lässt, es wäre eine lustige Angelegenheit, zu bekannter Musik völlig falsch zu singen. Vermutlich psychosomatisch. Sehr ansteckend. Ursachen unbekannt, wahrscheinlich aber im Spirituosenbereich zu suchen.

Kaugummis
Die Degeneration der westlichen Konsumgesellschaft mit ihrem Werte- und Moralverfall spiegelt sich eins zu eins im Niedergang der Kaugummiqualität wider. Es ist wie in der Ehe: Nach kurzer Zeit bleibt nur noch ein fader Geschmack und die Erinnerung an gute alte Zeiten.

Kein Sex vor der Ehe
Immer mehr junge, gläubige Menschen verzichten aus ihrer innersten, tiefsten Überzeugung auf Sex vor der Ehe. Liebe Gläubige: Kein Sex vor der Ehe heißt ein klitzekleines Problemchen in der Ehe: der erste Sex. Das müsst ihr wissen. Das kann unerfreulich sein. Aber ihr macht das schon. Mit Geduld und Spucke. Aber einen ganz, ganz wichtigen Punkt muss ich den Mädchen klarmachen: Das HEISST nur »blasen«!

Johannes Balsamico Kerner
Oder wie heißt der in der Mitte?

Kettenmails

Diese Mail ist seit 1862 unterwegs für den Frieden, die Liebe und andere gute Sachen. Wenn du sie an mindestens hundert Leute weiterleitest, wird sie dir Geld, Liebe und noch irgendetwas bringen. Wenn du sie nicht weiterschickst, wird es dir wie Sarah Globson aus Ohio ergehen, die in dem Moment, als sie die Mail löschte, vom Blitz erschlagen wurde.

Das Schlimme ist nicht, dass es Leute gibt, die solche Mails verschicken. Das Schlimme ist, dass ICH Leute kenne, die MIR solche Mails schicken.

Kim Jong-Il

Nordkorea hat einen schlechteren Ruf als Andreas Türck. Das ist wirklich der Mittelpunkt der Achse des Bösen. Immer wieder schleichen sich allerdings mutige Undercover-Reporter nach Nordkorea und kommen mit entsetzlichen Geschichten nach Hause wie diesen: Oberarschnase Kim Jong-Il hat eine Entourage von Luxusnutten, die ungefähr so groß ist wie Berlin-Mitte. Die meisten Nordkoreaner müssen mit nur einem Reiskorn am Tag auskommen. Wer dem Führer nicht ordentlich zujubelt, wird zum Tode verurteilt und als atomarer Raketensprengkopf eingesetzt. Kann ja dummerweise keiner nachkontrollieren, ob das alles stimmt.

Kinderschokolade

Ferrero änderte nach 32 Jahren das Foto auf der Kinderschokolade. Jetzt ist nämlich nicht mehr Günther drauf, sondern ein Bub, den seine Gegner verächtlich Kevin getauft haben. Auf der Internetseite weg-mit-kevin.de sammelten sie 75 000 Unterschriften für die Kinderschokoladen-Wiederbegüntherung. Damit wurde erstmals das gigantische Schimpfwortpotential des Vornamens Kevin ausgeschöpft. Die Internetseiten www.kinderschokolade-ist-so-oder-so-scheiße.de und www.guenther-sieht-aber-auch-zum-kotzen-aus.de sind von uns bereits reserviert.

Kino-Sitzenbleiber

Warum bleiben nach jeder Kinovorstellung ungefähr fünf Prozent der Leute sitzen, während man sich umständlich in die Jacke kämpft und überlegt, wo man noch ein Bier trinken gehen könnte? Da hocken die und gucken den Abspann und hören nach dem Abspann noch die Musik – und dann? Sie blicken einen vorwurfsvoll an, als wollten sie sagen: »Im Gegensatz zu dir Einfaltspinsel bin ich jemand, der von diesem Film wirklich berührt wurde. Und ich möchte gerne wissen, wie der Best Boy heißt, ich weiß nämlich, was der macht, im Gegensatz zu dir.«

Das sind die Gleichen, die beim Rotweintrinken ein Schlückchen mit spitzem Mund schlürfen, nach dem Schlucken die Augen schließen und dann gaaanz langsam nicken.

Kirchliche Jugendsprache

Auf einer Internetseite für junge Christen heißt es: »In der heutigen Zeit suchen immer mehr Jugendliche ihre Götter echt in den uncoolsten Ecken. Das ist aber voll nicht nötig, weil Jesus ist voll cool. Warum sollen Jugendliche von heute doofen Götzenbildern nachlaufen?« Das habe ich mich dann auch gefragt. Wo die Kirche doch inzwischen so voll echt die Jugendlichen versteht. Es gibt voll krasse Kirchen-Raves, mörder-lässige Predigten und der endgeile Pastor kümmert sich um die süßen Ministranten auch noch spätabends.

Krass Amen.

Klassentreffen

Klassentreffen entstehen so: Die Initiative ergreift ein Mensch, von dem man nicht mal weiß, dass man ihn überhaupt gekannt hat. Dieser Mensch ist das ehemals fleißige Pummelchen, das Steffi heißt und ganz vorne saß, tafelnah und hochaufmerksam, asozial ablenkungsfrei. Man erinnert sich allenfalls grau an das Dutzend durchgekauter Papiergeschosse an ihrem Hinterkopf. Nicht aber an sie selbst, denn Steffi saß möglichst weit weg vom Epizentrum.

Sie wird dich finden. Rache ist ihr Motor. Mit detektivischem Hummeleifer durchwurstfingert sie das Internet: ist Goldmitglied bei → Stayfriends, schaut ganz Google nach dir durch, scheut sich nicht vor Anrufen bei Gemeinde und Pfarrei. Bis sie dich hat. Weil man früher vielleicht ein Arsch war, heute aber längst nicht mehr, stößt man völlig unbekannte Menschen nicht vor den Kopf. Du sagst zu, obwohl du weißt, du gehst da ganz sicher nicht hin. Wer braucht denn das: eine alberne, abgesagte Veganerkneipe. Ein Abend voller Leben, in Echtzeit erzählt – mein Haus, mein Pferd, meine Pferdepflegerin …

Da bleib ich lieber daheim und gucke Beckmann.

Dann sitzt du doch da und machst lauthals mit. Mein Übergewicht, mein Beziehungsmalheur, mein Karriereknick. Du gibst alles, weil da die sitzt, die du beeindrucken willst. Veronique. Schön wie eh und je. Die wollte aber leider schon in der Fünften nicht mit dir gehen. Wahrscheinlich traust du dich nicht, sie nach ihrer Telefonnummer zu fragen. Macht auch nix. Du weißt ja, wer sie hat. Dein bester Kumpel Steffi.

Kleinkinder mit Ohrringen

Ich finde Ohrstecker eine ganz gute Möglichkeit, weibliche und männliche Kleinkinder auseinanderzuhalten. Jedenfalls viel praktischer als die Idee, kleinen Jungen die Vorhaut abzuschneiden, denn das sieht man ja nicht sofort. Der generelle Hang, sein Baby zu verstümmeln, scheint weit verbreitet zu sein.

Klima

Schlechtes Wetter gibt's nicht mehr. Das gab's vielleicht früher in unserer Jugend, als der Sommer heiß war oder total verregnet. Heute ist immer gleich Klimakatastrophe. Drei Tage Regen: Klimakatastrophe. Eine Woche Sonnenschein: Erderwärmung. Zwei Gewitter: El Niño. Wir nehmen uns eben sehr wichtig. Wir können gar nicht glauben, dass es nur schnöde Launen der Natur sind, die uns den Urlaub versauen. Unter Klimakatastrophe stehen wir doch gar nicht mehr auf. Natürlich malen wir uns auch aus, wie Deutschland zum mediterran-relaxten Mittelmeerstaat wird. Wie in Hannover üppig geschmückte Esel von wetterzerfurchten Fischern durch die Innenstadt getrieben werden, wie Kasseler an lauen Abenden bei einem Gläschen Rotwein Boule spielen und Gitanes rauchen, wie in Solingen-Ohligs bei fast karibischen Verhältnissen die Joints am Lagerfeuer kreisen, während die Ruhrpott-Steeldrum-Bauchtanz-Gruppe die bekifften

Bundesbürger unterhält. Die holländischen Flüchtlinge, deren Land mittlerweile überflutet ist, campieren derweil in Erderwärmungs-Auffangcamps, wo wir ihnen Asyl gewähren. Ruud van Nistelroy, Roy Makay und Raffael van der Vaart werden eingebürgert, der Rest wird unter unmenschlichen Verhältnissen in einer Art Camping-Guantanamo in ihren eigenen Wohnwagen gehalten. Es werden natürlich keinerlei Arbeitsgenehmigungen in der Medienbranche ausgestellt. – So gesehen wäre eine Klimakatastrophe gar nicht so schlimm.

Klobeleuchtung

Kennen Sie das? Man sitzt ganz gemütlich da, wo auch die Könige alleine hingehen, und plötzlich wird es dunkel. Wie einsam man sich plötzlich mit nacktem Hintern auf der fremden Kloschüssel fühlt. Isolationshaft in der Dunkelzelle. Man grübelt, ob man mit heruntergelassener Hose zum Lichtschalter hüpfen soll. Aber was, wenn genau in dem Moment der Chef oder ein Kollege ins Klo kommt? Also lieber im Dunklen putzen. Aber ist auch wirklich alles sauber? Hilfe!

Heidi Klum

Ich habe lange mit meinem Psychoanalytiker darüber gesprochen, warum ich Heidi Klum nicht ausstehen kann. Ich lag auf der Couch und erzählte ihm davon, wie sehr es mich nervt, dass diese Frau alles richtig macht. Sie verdient wahnsinnig viel Geld und bleibt dabei so unheimlich menschlich. Sie macht hässliche Birkenstockschuhe, die reißenden Absatz finden. Sie moderiert eine strohdumme Show, die sich alle Leute anschauen. Sie gebärt und sieht drei Tage später wieder aus wie ein Supermodel. Sie führt eine superzufriedene Ehe mit einem Schmusesänger.

Das Einzige, was mich tröstet, ist, dass sie sich wie ein Formel-Eins-Flittchen von Flavio Briatore hat weghämmern lassen. Und sich gleich noch einen Braten in die Röhre hat stecken lassen.

Ich leide sehr unter diesen Gedanken, sind sie doch von Neid und Missgunst geprägt. Mein Psychoanalytiker überlegte sehr lange, kraulte seinen Bart und sprach schließlich: »Aber du hast Recht.«

Kochen

Da hat sich einiges getan. Man kocht nicht mehr für sich, sondern als Event und nur noch für Freunde. Da kommen dann auch endlich die hübschen Küchenutensilien zum Einsatz: die Gewürzgläschen, die man so geduldig umgefüllt hat, die Salatschüssel aus 300 Jahre altem Wurzelholz und die kindskopfgroßen Rotweingläser. Die führt man den Freunden vor, während man am Rotwein nippt und irgendjemand den Salat wäscht und ihn dann im silbernen Henkel-Sieb trocknen lässt. Meistens isst man aber allein. Dann bleiben die Gewürzgläser im Schrank und es wird eine Pizza aufgebacken. Dose Bier dazu, Glotze an.

Kölner Kofferbomber

Wie geht der kürzeste Terroristenwitz? »Lässt ein Libanese einen Koffer stehen. Und keiner riecht was.« Brüller, oder? Wie die Polizei herausfand, hieß einer der beiden libanesischen Kofferbomber mit Vornamen Dschihad

(»Heiliger Krieg«). Ich bin kein → Terrorexperte, aber das scheint mir keine sonderlich gute Tarnung zu sein.

Kontoauszugsdrucker

Das sind ekelhafte Kästen. Graue, grauenhaft gestaltete, kartenfressende Plastikdinger in schmucklosen, kameraüberwachten Bankvorräumen, die fürchterliche Geräusche beim Drucken machen. Aber vielleicht bin ich auch einfach nur negativ konditioniert wegen dem, was unten rauskommt.

Krimis, die im Milieu spielen

Drehbuchautor ist kein leichter Job. Mehr als einen Nachmittag sollte man für ein »Tatort«-Skript nicht brauchen. Da bleibt freilich keine Zeit für Recherchen. Deshalb setzen die Autoren auch auf uralte durchgenudelte Stereotypen und abgewetzte Phrasen. Meistens werden Nutten gemeuchelt, die grellrote Lippen haben und im kurzen Rock ein bisschen Erotik in die Tristesse der deutschen Krimilandschaft bringen. Jacqueline arbeitet in einer schummrigen Bar, ihr Chef trägt fettiges Haar, Goldkettchen und ist ein totaler Arsch, aber am Ende natürlich doch nicht der Mörder. Gerne dabei sind natürlich auch debil-aggressive Jugendliche, die sich in einem Jugendslang unterhalten, in dem sich Jugendliche vielleicht vor zwanzig Jahre unterhalten haben, als der Drehbuchautor selber noch ein Jugendlicher war. Die versoffen-dümmlichen Obdachlosen (meistens gespielt von Martin Semmelrogge) haben natürlich doch immer ein gutes Herz und können einen wertvollen Tipp liefern.

Kronleuchter
Der Kronleuchter ist der König der Lampen. 1848 bei der Märzrevolution holte sich das Volk die Demokratie. Dann haben sie noch mal gut 150 Jahre gewartet. Nun haben sie sich auch noch die Kronleuchter geholt. Selbst über → IKEA-Tischchen bei Müllers in der Ess-Ecke klimpert mittlerweile ein Kristalllüster. Der König ist tot! Lang lebe der König!

Kühlschrankmagneten
Es war eine wunderbare Zeit, als der Kühlschrank noch Kühlschrank war und nicht die große Bühne der Küchendekoration.

Kunst am Bau
Es steht geschrieben, dass ein gewisser Prozentsatz der Baukosten eines öffentlichen Gebäudes für Kunst ausgegeben werden soll. Ich möchte gerne wissen, warum man für 30 000 Euro nichts Besseres als drei Betonkugeln bekommen konnte. Oder was fünf bunte Eisenstäbe darstellen sollen? Das hat die Kunst ja ganz gut eingerichtet, dass man als Trottel angeguckt wird, wenn man solche Fragen stellt. Aber jetzt mal unter uns: Lasst uns selber Künstler werden und für 30 000 Euro zwei riesige Ringe aus Stahl und einen Betonquader hinstellen. Wir nennen das Kunstwerk »Die Ambivalenz der Gesellschaft«.

Kürbisse
Kürbisse sind ein blödes Gemüse. Im Herbst fängt plötzlich alles an, mit Kürbissen zu sympathisieren. Eigentlich

kommen Kürbisse als Sitzsäcke auf die Welt, werden dann aber lebend entfleischt. Das Fleisch sieht lecker nach Pfirsich aus, wird gekocht und schmeckt irgendwie nach einem langweiligen verregneten Sonntagnachmittag.

Kuriositätenversteigerungen

Der Captain-Kirk-Darsteller William Shatner verkaufte seinen Nierenstein für 25 000 Dollar. Es ist damit der wertvollste Nierenstein aller Zeiten. Der Käufer besitzt schon ein angebissenes Käsesandwich, das aussieht wie die Jungfrau Maria. Der uralte Ex-Golf von Papst Benedikt wurde bei → eBay zum Preis eines Einfamilienhauses versteigert. Ein Ami verkaufte eine Million Pixel auf seiner Internetseite. Sämtliche Medien berichten weltweit, wenn irgendjemand totalen Mist bei eBay versteigert und ein anderer dafür ein Heidengeld bietet. Auch wir wollen nächstes Jahr reich werden. Zur Versteigerung präsentieren wir:

- ein Spiegelei, das aussieht wie ein Zyklopenauge
- einen Wischmop, der aussieht wie der Heilige Geist
- ein verborgener Löffel, der aussieht wie ein Schöpfer
- ein Schnitzel in der Form von Sylt

Murat Kurnaz

Das ist der Bremer Typ, der vier Jahre lang in Guantanamo gefoltert und verarscht worden ist, weil er in Pakistan mit dem Bus gefahren ist. Nach ein paar Jahren Foltern ist der total Unschuldige den Amis langsam auf den Sack gegangen und sie wollten ihn freilassen. Aber die Deutschen wollten ihn nicht haben, weil er einen türkischen Pass hat. Die Türken wollten ihn auch nicht, weil er seit seiner Geburt in Deutschland gelebt hat. Da haben die Amis aus der Not eine Tugend gemacht und ihn noch ein paar Jahre weitergefoltert, bis er schließlich gefesselt zurück nach Deutschland geflogen wurde. Dort hat er über seine Folter und die schlechte Behandlung gesprochen. Schade eigentlich, dass der gute Murat mit seiner Barttapete im Gesicht aussah wie ein islamistischer Bombenleger. Viele meiner Stammtischbrüder haben gesagt: »Wenn einer so ausschaut, braucht er sich nicht zu wundern, wenn er gefoltert wird.«

Kuschelig und schön was entspannt

Was *NEON*-Leser abends machen: Erst schön was kochen, dann kuschelig ein Weinchen trinken und hernach entspannt eine DVD gucken. Oder entspannt was kochen, dann schön was Weinchen trinken und kuschelig eine DVD gucken. Oder erst kuschelig was kochen, dann entspannt ein Weinchen trinken und dann schön was DVD gucken. Sollte mich bei so einem Satz mal wer erwischen, erlaube ich hiermit, dass er mir mit einer schön gerollten → *NEON* entspannt auf den Kopf hauen darf, bis ich mit dem Fußboden kuschle.

L

Osama bin Laden
Der Typ geht mir vielleicht auf den Keks. Wegen dem darf ich keine Colaflaschen mehr ins Flugzeug nehmen.

Lady-Diana-Todesursachen
Die wichtigste Erkenntnis der Boulevardmedien über Lady Diana in den letzten Jahren ist nicht, dass sie zum Todeszeitpunkt an Brustkrebs erkrankt, im dritten Monat schwanger und lesbisch war. Es ist auch weder die Meldung, dass der vorgetäuschte Unfall ein perfides Mordkomplott des Mossad war, noch die Nachricht, dass eine geheime Heirat mit Dodi unmittelbar bevorstand. O nein.

Die wichtigste Erkenntnis lautet: Tote fordern keine Gegendarstellungen.

Karl Lagerfeld
Mit dem gab es noch nie irgendeinen Sexskandal. Reicht dem sein Fächer, oder was?

Laminat-Fußböden
Ich kann mich erinnern, wie richtiges Parkett aussieht. Es ist im Fischgrätmuster verlegt, knarzt gemütlich, wenn man drüberläuft und vor allem: Es ist aus Holz. Holz-

laminat hingegen sieht aus wie eine Fototapete. Die liegt dann da rum, sieht blöd aus und kostet trotzdem noch einen Haufen Geld.

Lange Nacht der Museen
Alle gehen jetzt lieber nachts ins Museum, weil tagsüber ist es zu hell. Nehme ich zumindest an. Wieso sonst stellen sich nachts die Besucher in langen Schlangen an, um ins Museum zu kommen, während am Tag kein Schwein drin ist? Gibt es Nummerngirls vor den Bildern? Heiße Würstchen? Spielt Coldplay? Nein! Im Höchstfall bekommt man einen angewärmten → Prosecco. Ich habe mich mal in den Shuttlebus gesetzt und wollte ins Historische Museum, bin dann aber nicht ausgestiegen, weil die Schlangen zu lang waren, und stattdessen ein Bier trinken gegangen. Wenn aber jemand Jahre später erzählte: »Es gibt eine interessante Ausstellung im Historischen Museum ...«, wäre mir fast ein »Da war ich schon« herausgerutscht.

Lätta
Ich hab den Slogan vergessen. War es »Bleib so, wie du bist«, »Die Halbfettmargarine, die schmeckt« oder »Meine Lätta, deine Lätta«? Auf jeden Fall gibt es in der Fernsehwerbung ein extrem hübsches junges Pärchen, das sich gegenseitig die Margarine aus dem Kühlschrank klaut. (»Wo ist die Lätta, du Schuft?«)

Das totale Traumpaar. Sie ist bestimmt noch erfolgreicher als die Frau aus der Drei-Wetter-Taft-Werbung (vielleicht nicht ganz so karrieregeil wie die Krönung-light-Tante). An ihn kann ich mich nicht mehr so genau erinnern, aber auch er ist extrem cool und erfolgreich. Die Wohnung ist schön eingerichtet. Sehr stylish. Die hätten eigentlich schon ein gewisses Verständnis für angemessenen Lebensstil. Da habe ich mich dann schon gefragt, warum die keine Butter zum Frühstück essen.

Latte macchiato

Latte macchiato ist das Arschgeweih unter den Kaffees. Keiner weiß, wann und warum er plötzlich uncool geworden ist.

Leggins

Juhu, die Leggins sind wieder da! Ach Leggins, du ehrliche Haut! Du bringst die reine Wahrheit ans Licht. Was mich aber am allermeisten freut an dir, ist, wie du dich am Arsch anflanschst (Arsch-frisst-Hose-Effekt), und die kreisenden Bewegungen, die du damit bei deiner Trägerin verursachst. Denn einfach nach hinten langen und den Stoff herauszupfen ist peinlich. Also wird gekreist und getanzt. Ritzen-Boogie-Woogie, einfach wunderbar. Danke.

Lese-Absichten

Es heißt immer, man könne eine Menge über jemanden erfahren, wenn man weiß, welche Bücher er liest. Damit bin ich soweit einverstanden, möchte aber hinzufügen, dass es noch viel informativer ist zu wissen, was derjenige gerne lesen möchte. Beziehungsweise gelesen haben möchte. Meistens handelt es sich um Klassiker, bei denen man davon ausgeht, der Rest der Bevölkerung habe sie gelesen, nur man selbst nicht. Und hat man erst mal die Gesamtausgabe der Werke von Thomas Mann gekauft, ist das schon die halbe Miete. Da stehen die Bücher dann im Regal, sehen hübsch aus und mit der Zeit gewöhnt man sich an sie als Einrichtungsgegenstand.

Ich persönlich versuche seit Jahren ein Buch zu lesen, das *Einführung in die Philosophie* heißt. Ich habe alles probiert – ich hatte es neben dem Bett liegen, neben der Toilette und in der Manteltasche. Ich nahm es in den Urlaub mit. Als einziges Buch. Das führte allerdings nur dazu, dass ich anderen Touristen ihre ausgelesenen Bücher abkaufte.

Leser-Reporter

Sie sind die Söldner der *Bild*-Zeitung. Sie haben keine Ausbildung, keine Moral, keine Hemmungen. Dafür aber die neuesten Fotohandys. Für 500 Euro schießen sie mit bis zu 3,3 Megapixeln auf alles, was ihnen begegnet. Die Armee der arschgeweihtragenden Leser-Reporter ist die schlimmste Guerilla unserer Zeit. Während die FARC in Kolumbien ihren Opfern nur die Freiheit nimmt, rauben die Leser-Reporter sogar die Intimsphäre. Sie lauern überall – im Supermarkt, auf Raststätten, im Zug. Kein Promi kann ungeschminkt, schlecht gekleidet oder besoffen vor seine Haustüre treten, ohne von den Hobby-Paparazzi gefilmt zu werden. Die Hintermänner verstecken sich wie schon die Al-Qaida-Attentäter vom 11. September irgendwo in Hamburg. Der Prozess gegen Saddam Hussein lässt hoffen, dass die Drahtzieher einer solchen Unrechtsarmee eines Tages angemessen zur Verantwortung gezogen werden.

Listen

1. Karl Lagerfeld
2. Weihnachten
3. Creme brulée
4. Jesus Christus
5. St. Moritz
6. Gabriele Inaara Begum Aga Khan
7. Mozartkugeln
8. Chanel No. 5
9. Waffeleisen
10. Glück

Lord Of The Dance

Früher in den Western gab es oft einen Cowboy mit Revolver, der zu dem ohne Revolver sagt: »Tanz!« Er schießt vor ihm in den Boden und der andere hüpft hysterisch herum.

Genau so. Nur ohne Schießereien und ohne Pferde.

Lordi

Die finnische Band Lordi hat sich einen tollen Spaß gemacht: Die sind beim Grand Prix mit grusligen Ralph-Siegel-Masken aufgetreten. Das internationale Publikum fand die Idee lustig und stimmte für die Monsterrocker. Völlig unverständlich ist die aggressive Kritik an Lordi. Besonders wir sollten mal lieber ganz still sein. Schließlich haben wir selbst schon versucht, mit skurrilen Teilnehmern zu gewinnen. Ich meine, wir haben damals Nicole ins Rennen geschickt – da sollten wir echt die Bälle flachhalten.

Lotto-Euphorie

Es ist bald wieder so weit: Lotto-Euphorie in Deutschland. Der Jackpot liegt wieder mal bei Zigmillionen Euro. Die Millionenjäger stürzen in die Annahmestellen, um mit feuchten Händen ihre Glückszahlen anzukreuzen, über denen sie die ganze Woche lang gebrütet haben. Mit stockendem Atem beglotzen sie die Lottofee und ihre Kugeln, die öffentlich-rechtliche Sechsbombe. Sie alle träumen davon, wie sie am nächsten Tag mit regungsloser Miene ins Büro spazieren und ein großes Geschäft auf den Schreibtisch ihres Chefs machen. Was kommt danach? Erst mal einen Porsche kaufen und die zickige Gattin im hohen Bogen aus dem Haus werfen. Orgien feiern mit säckeweise Koks und drei Dutzend ukrainischen Luxushuren. Mit Lederjacke und Harley über Bergstraßen knattern. Nie mehr arbeiten. Immer Urlaub.

Aber wir alle kennen das warnende Beispiel Lotto-Lothar. Auch der Lamborghini hat ihn nicht erfreut. Die neuen Freunde wollten nur sein Geld. Der Arme hat sich totgesoffen. Auf der Beerdigung haben sie sein Lieblingslied von Truck Stop gespielt: »So allein«.

Löwenzahn

Viele haben es nicht so richtig mitgekriegt, weil sie nicht mehr so regelmäßig wie früher »Löwenzahn« schauen. Peter Lustig ist weg. Stattdessen ist da einer, der nicht Peter Lustig ist. Die Kinder, diese Idioten, merken den Unterschied gar nicht.

Ingolf Lück

Das muss dem auch mal einer nachmachen: immer nur die eigene Vergangenheit moderieren.

M

Mac-Liebhaber

Es gibt einige existentielle Glaubensfragen, nach denen man seine Mitmenschen sortieren kann: Geha oder Pelikan? Nutella oder Nusspli? Twix oder Bounty? Aber Vorsicht! Die Frage Mac oder PC kann einen in ungeahnte Verachtungsgräben stürzen – wenn man nämlich einen PC hat. Wenn Sie tough genug sind, einem Mac-Fan zu gestehen, dass Sie einen PC Ihr Eigen nennen, können Sie Ihrer Mutter auch gleich die Sache mit Ihrer Heirat im letzten Urlaub beichten.

Make-up

Tüpfeln Sie erst eine helle Grundierungscreme um die Augen und auf das Kinn. Nicht auf die Stirn! Dort nur etwas Puder, höchstens eine getönte Tagescreme. Tragen Sie anschließend in kreisenden Bewegungen Abdeckpuder flächig auf Wange und das linke Knie auf. Es sei denn, sie haben ein herzförmiges Gesicht, dann um Himmels willen keine Flächen auftragen, sondern Akzente setzen. Gerne auch in Herbst- und Spültönen, aber unter gar keinen Umständen in Perlmutt. Das macht alt. Einen hauchdünnen, schwarzen Strich hinter dem Auge zum inneren Lidrand ziehen und an den Ohren auslaufen lassen, aber nur in Kombination mit grauem Lidschatten. Dann viermal die Wimpern tuschen. Die Lippenkonturen nachziehen mit einem Lippenkonturennachziehstift. Etwas Gloss leicht auftupfen. Diese Prozedur den Abend lang alle fünf Minuten wiederholen.

Glauben Sie mir, meine Herren, die Grundausbildung bei der Bundeswehr ist ein Scheiß dagegen.

Mandarina-Duck-Taschen
Mandarina Duck hat Handtaschen ersonnen, die eine wundersame Symbiose mit Damen eingegangen sind, die Perlenohrringstecker tragen und sich für kreativ halten, wenn sie den Hintergrund ihrer Excel-Spalten farbig ausfüllen.

Manieren I
Wenn früher jemand geniest hat und man hat nicht »Gesundheit« gesagt, haben Umstehende sofort Rückschlüsse betreffend Kindheit, deren Stube und unserer Mutter gezogen. Das ist jetzt vorbei. Wahrscheinlich. So richtig weiß man das ja nicht, was jetzt angebracht ist oder eben nicht. Neben der → Rechtschreibreform gab es nämlich auch eine schleichende Manierenreform. Es heißt, höflich sei jetzt, das Niesen als Ungeschicklichkeit des anderen einfach zu ignorieren. Wir sind allerdings zurzeit in einer Übergangsphase, in der immer noch viele »Gesundheit« sagen, um kurz darauf erzählen, höflich sei es heutzutage, das Niesen zu ignorieren.

Manieren II
Die Manieren sind in Deutschland total im Arsch. Immer weniger Studenten reden ihren Dekan mit »Spektabilität«

(»Seine Ansehnlichkeit«) an. Kaum ein Skinhead weiß, dass er bei »Cravate blanche« einen Frack anziehen soll, dass Schüsseln im Gegensatz zu Tellern von links gereicht und dass Männer stets den Frauen vorgestellt werden (»Hey Uschi, darf ich dir Rocco vorstellen?«). Irgendwie hat sich so eine Lockerheit über unser Volk gelegt. Die Manieren entwickeln sich wie unsere Rechtschreibung. Alle naselang gibt es neue Regeln und keiner weiß mehr, wie es richtig geht.

Männer, die sich beim ersten Date selbst beschreiben

Meine Damen, kennen Sie das?

»Ich bin eher so der Typ, der …«

»Ich bin schon ziemlich romantisch.«

»Ich bin irgendwie unbeständig.«

Kommt Ihnen das bekannt vor? Wieso machen die das bloß? Welche Frau käme je darauf, irgendeinem Typen, mit dem sie zum ersten Mal ausgeht, zu erzählen, was für eine zickige, intolerante und hysterische Kuh sie ist?

Mao-Mützen

Kaum waren die düsteren Tage der Grunge-Wollmützen endlich überstanden, stand schon die nächste grausige Kopfbekleidungsmode am Horizont: die Mao-Mütze. Die Mao-Mütze hat es geschafft, dass der Prenzlauer Berg aussieht wie der Platz des Himmlischen Friedens zu Lebzeiten des süßsauren Führers.

MBT- (Masai Barfuß Technologie-) Schuhe
Die Masai laufen aufrecht und leicht federnd, mit kleinen Schritten und barfuß vor dem Tiger davon. Das ist gesund und sieht schön aus. Da die schönen Kenianer nicht mit 75 Jahren an einem Hüftleiden erkranken (weil sie mit 42 an einer blöden Mumpserkrankung sterben), bauen unsere Schuster jetzt Schuhe, die uns helfen, aufrecht und leicht federnd auf dem Bürostuhl zu sitzen.

Medienarroganz
Ein Charakterzug, der alle Menschen befällt, die in der Werbe- und Unterhaltungsbranche arbeiten. Er ist dafür verantwortlich, dass diese Leute davon ausgehen, dass der Teil der Menschheit, der nicht in der Werbe- und Unterhaltungsbranche arbeitet, sie darum beneidet.

»Und was machen Sie?« – »Ich produziere Talkshows, in denen sich Idioten ankeifen, aber das ist nicht so aufregend, wie Sie denken.«

Mehrwertsteuer
Ich finde die Bezeichnung irreführend. Es wird doch nichts mehr wert. Ganz im Gegenteil. Der Staat nimmt sich einfach 19 Prozent.

Menschenrechte
Die deutschen Staatslenker sprechen das Thema Menschenrechte ja in → China immer an. Gut so. Mir wurde die Mitschrift des vertraulichen Gesprächs zwischen → Angela Merkel und Hu Jintao zugespielt. Es stammt vom letzten Chinabesuch der Kanzlerin in Peking.

Merkel: »Lieber Herr Chinesenpräsident, ich weiß nicht, ob es Sie interessiert, aber bei mir daheim gibt es ja noch diese beschissene Demokratie. Das kennen Sie hier gar nicht so, aber da gibt es Wahlen und freie Presse mit missmutigen Leitartikeln. Grauenhaft! Und ich kann leider nicht wie Sie mit Panzern und Raketenwerfern in die Menge ballern, wenn ein paar verlauste Menschenrechtler demonstrieren, auch wenn ich es liebend gerne tun würde. Ich bin ja mit den Spitzen unserer Wirtschaft hierhergekommen, damit wir ordentlich Geschäfte machen und nicht, um über die paar Gefolterten in Ihren Gefängnissen zu sprechen, die mir ehrlich gesagt total am Arsch vorbeigehen. Warum sollte es für Sie andere Regeln geben als für die Amis und ihre weltweiten, illegalen Folterknäste? Das wär's dann schon. Es war mir wichtig, dass ich das Thema Menschenrechte angesprochen habe, das muss ich nämlich gleich auf der Pressekonferenz verkünden.«

Angela Merkel

Angela Merkels Wahlkampfberater haben alles richtig gemacht. Ihr Wahlkampf wurde komplett auf sie zugeschnitten – auf ihre Geheimwaffe: ihren Sexappeal. Das Duell lautete: Gerhard Schröder, der abgehalfterte unsympathische Autokanzler, gegen die süße Maus aus dem sexuell befreiten Osten. Unzählige Leitartikel in der *FAZ* und der *SZ* haben davor gewarnt, dass sich Angie nur über ihren Körper verkaufen würde. Die ganzen Homestorys in *Bunte* und *Gala* schilderten, wo und wie sie ihre Bettsklaven hält. Dazu all die schmutzigen Details aus dem Liebesleben: Ihre Jugendtage als FDJ-Matratze. Wie sie Helmut Kohl von sich abhängig gemacht hat. Die Orgie auf der Parteitagstoilette.

Klar, Angie ist eine 1A-Schnitte. Aber hat sie uns mehr zu bieten als ihre erotische Ausstrahlung? Bislang sieht es nicht so aus. Haben Sie den Blick gesehen, mit dem sie → Jürgen Klinsmann bei der Weltmeisterschaft zum dritten Platz gratuliert hat. Der hat sich zwei Tage lang nicht mehr aus der Kabine getraut. Kein Wunder, dass Debbie anschließend darauf bestand, dass er den Trainerposten aufgab und sofort nach Amerika zurückkehrte. Auch George W. Bush konnte ihr nicht widerstehen. Im Liebestaumel knetete er ihre Schultern vor laufender Kamera. Die konservativen Wähler haben den Schwerenöter postwendend abgestraft.

Ihr nächstes Opfer ist vermutlich Wladimir Putin. Der russische Ex-Präsident, munkeln gut informierte Kreise, würde gerne eine Pipeline verlegen.

Minihandtaschen

Danke für diese Mode. Besonders Mädchen, die auch mal unter den Achseln schwitzen, dürften diese Taschenmode mit Freuden verfolgen. Nichts mehr mit Tempos unter die Achseln stecken – einfach eine saugfähige Tasche nehmen. Oder einen Chihuahua.

Mainzelmännchen

Der Imageberater der Mainzelmännchen, der erfolgreichsten deutschen Boygroup aller Zeiten, hat Anton, Berti, Conni, Det, Edi und Fritzchen geraten, ihr Erscheinungsbild ein bisschen zu pimpen. Ein Handy für Det, eine Wellnesskur für alle, und schon kommen sie daher wie eine Gruppe ritalinsüchtiger Schlümpfe.

Moderne Kindergärten

Früher war der Kindergarten ein Ort, an dem eine unüberschaubare Anzahl Kinder zusammengetrieben wurde, über deren Köpfen eine gemütliche Tante wachte, damit sich nicht ständig alle die Augen ausstachen. Ein probates Konzept. Für die Eltern der Janiks, Janisse, Lenas, Pauls, Finns, Lukasse und Emilias nicht. Dafür »packen sie auch selbst mit an« im Kindergarten, obwohl vom monatlichen Beitrag eine ganze Kleinfamilie recht gut leben könnte. Aber man ist ja kein asoziales Arschloch. Und wenn, dann soll das wenigstens keiner mitkriegen. In der Kita von heute gilt daher Folgendes:

- Es soll bitte gerne auch ein schwarzes Kind in die Gruppe (ABER EIN NETTES, damit das eigene Balg garantiert nicht fremdenfeindlich wird).
- Ein behindertes Kind wäre auch nicht schlecht (aber nicht zu behindert, damit man es auf den Kindergeburtstag einladen kann, ohne dass es beim Essen den Kelim-Teppich versaut).
- Das Spielzeug darf unter keinen Umständen zu einem Peng-Peng zweckentfremdet werden können (und wenn, dann soll der Kleine bitte wenigstens nicht auf den kleinen Schwarzen zielen).
- Mädchen werden mit Autos und Werkzeugkästen überhäuft, zwecks der Gleichheit, den Jungs drückt man Puppen in die Hand, damit sie soziales Verantwortungsgefühl lernen. (Woraufhin die Mädchen selbstverständlich die Autos zu Bett bringen und die Jungs die Puppen im Klo ertränken.)

Gott sei Dank hat der Herr ein Einsehen und schmuggelt in jeden Kindergarten mindestens einen Sascha oder eine Jessica, so dass der Rest der Bande wenigstens die wichtigsten Schimpfwörter mitbekommt.

Moderne Kinderwägen

... stabiles Voll-Alu-Rohr-Rahmensystem mit doppelt gebrohmtem Versteifungsgerippe, einfache Einhand-Schwenkbedienung beim Zusammenlegen mit separatem, vollflexiblem Tragenest und separater, feuerfester Schutzdecke, Gestell mit Schwenkschieber-Schablone, modernes, stufenlos regulierbares Dreiphasenverdeck mit modernen Edelstahl-Außenbügeln und verchromtem Sichtfenster ...

Das → SUV für die Kampfmutter von heute.

Moderne Mütter

Der Kampfmütterverein »Villa Kunterbunt« hat folgende Regeln für Mütter aufgestellt. Wer sich nicht dran hält, kann sein Blag gleich abschreiben:

- Das Mindestalter für Mütter wird auf vierzig raufgesetzt. Sonst meint man ja, Sie hätten im Leben rein gar nichts erreicht.
- Es wird gestillt, sonst Allergie.
- Das Kind wird von Geburt an stets auf Lammfell gebettet. Ungebleicht, versteht sich.
- Kein Schnuller. Und wenn die Ohren platzen.
- Der Kinderwagen muss über mindestens 18 verschiedene Einstellfunktionen verfügen, damit Sie damit inlineskaten, joggen und Sackhüpfen können.
- Es wird selbst gesotten, püriert und eingekocht. Hab ich da etwa ein Hipp gesehen? Da können Sie Ihr Kind ja gleich mit einem nassen Handtuch erschlagen!
- Machen Sie das Kind bereits in den ersten Monaten mit klassischer Musik und verschiedenen Fremdsprachen vertraut.

– Babyschwimmen, Gymnastik etc. – irrsinnig wichtig. Tauchen Sie Ihr Baby beim Schwimmen auch ruhig unter, es muss früh lernen zu kämpfen. Und nicht heulen – wollen Sie jetzt ein Alphakind oder nicht?

Moderne Weinverschlüsse

Ich kann Weinflaschen mit Drehverschluss oder Plastikkorken nicht leiden. Ich weiß, die neuen Verschlüsse haben nur Vorteile. Sie sind günstiger, praktischer, der Wein korkt nicht. Aber ist unsere Welt nicht schon praktisch genug? Ist es nicht wunderbar, ein Stück Baumrinde aus einer Flasche zu ziehen, das ein bisschen nach Baum und ein bisschen nach Wein riecht? Ist das mühevolle Entkorken einer Flasche Wein nicht ein wunderbarer Ritus? Ich glaube, ich bin ein ziemlich verkorkter Typ.

Modevornamen

Ich heiße Oliver.

Eigentlich ist das schon ein Knaller. Der Satz »Ich heiße Oliver« unter der Überschrift Modevornamen. Das erinnert mich an die Zeiten, als es noch Sparwitze gab. Da gab es mal den kürzesten Witz der Welt. Der ging so: »Steht ein Opel Manta vor der Uni.« Brüller, oder? Das war damals, als ich noch in eine Klasse ging, in der fast alle Jungs Oliver hießen. Ich frag mich immer, wie so Vornamentrends entstehen. Jetzt fangen plötzlich alle Vornamen mit L an.

Moleskine-Notizbücher

Eins ist klar: Moleskine-Bücher sind prima. Das Papier ist von guter Qualität, es zerfleddert nichts und das Fach hinten ist hervorragend geeignet, um irgendwas reinzustecken. Perfekt für alle, die sich schon lange für den unentdeckten Picasso, Bataille oder Hemingway halten. Die können sich dann mit ihrem Büchlein (das sie vorher geknetet haben, damit es benutzt aussieht) in ein Café mit dunkler Holzverkleidung setzen und abwechselnd was Wichtiges da reinschreiben und in die Ferne stieren.

Was hinreißend ist, wenn vierzehnjährige Mädchen so was machen.

Monrose

Was haben Overground, Nu Pagadi und Preluders gemeinsam? Kein Mensch kann sich mehr an die eilig zusammengecasteten Pop-Irrlichter erinnern. Jetzt versucht Monrose, die neue Klonband mit Mandy, Bahar und Senna, in die winzigen Fußspuren ihrer Vorgänger zu stapfen. Es ist nicht bekannt, wie der Name Monrose entstanden ist – vermutlich eine sehr treffende Namenslegierung aus »Monster« und »Rosette«.

Motorradhelme ohne Kinnschutz

Motorradhelme sind dazu da, den Kopf zu schützen. Anscheinend zählen ein paar eitle Gecken, vornehmlich diejenigen, die ein Motorrad der Marke Harley Davidson oder ein Japsenplagiat davon ihr Eigen nennen, die Kinnpartie nicht zum Kopf. Ich frage mich oft, was die sich beim Kauf ihres Helms denken. »Den Unterkiefer kann ich im Zweifelsfall entbehren«, oder was?

Motorradsenioren

§ 257, BGB, Erweiterung der Straßenverkehrsordnung: Regelung zur Nutzung von Zweiradkrafträdern bei älteren Herren

1. Männern über 50 Jahren ist die Benutzung eines Zweiradkraftfahrzeugs grundsätzlich untersagt.
2. Männer, die ihr Leben lang kein Zweirad gefahren sind, dürfen bereits nach Vollendung des 35. Lebensjahres nicht mehr damit beginnen.
3. Das Tragen von Lederjacken mit Aufnähern, Lederjacken mit Fransen sowie Oberwäsche mit dem Schriftzug »Harley Davidson« oder Totenköpfen ist älteren Männern auf öffentlichen Straßen, in Restaurants, Hotels und Bars grundsätzlich untersagt. Zu einer Freiheitsstrafe ohne Bewährung führt das Tragen von Stirnbändern.
4. Zu einer lebenslangen Freiheitsstrafe mit anschließender Sicherheitsverwahrung führt der Kauf oder die Inbetriebnahme eines Zweirades der Marke Harley Davidson.
5. Es ist untersagt, in der Öffentlichkeit den Eindruck zu vermitteln, man würde einer Rockervereinigung angehören, wenn:
   a) nicht mindestens 43 Prozent der Körperfläche tätowiert sind,
   b) nicht mindestens 7 Vorstrafen vorliegen (davon mindestens zwei Gefängnisstrafen),
   c) man bei einer Versicherung oder im öffentlichen Dienst tätig ist.
6. Strafbar kann bereits das Abspielen des Liedes »Born to be Wild« sein.

Mount Everest

Letztens war der erste Beinamputierte auf dem Mount Everest. Zuvor sind ein paar Blinde zum Gipfel geklettert, ein Playmate, Senioren, Epileptiker, Autisten, Orientierungslose. Wahrscheinlich kraxeln bald auch Komapatienten und Hirntote aufs Dach der Welt. Der Everest ist die höchstgelegene Müllhalde der Welt mit verrosteten Dosen, Plastiktüten, gefrorenen Essensresten, zerfetzten Zelten und jeder Menge Scheißhaufen. Viele der Leute, die auf den Berg steigen wollen, haben keinerlei hochalpine Erfahrung. Manche dachten, Sherpas seien Jeeps und Biwaks sei die Abkürzung für Bienenwachs. Über 200 Bergsteiger sind beim Versuch, den Mount Everest zu besteigen, mittlerweile gestorben. Der höchste Berg der Welt meuchelt die schlimmsten Alpindeppen. Wer will ihm das verübeln?

N

Nachbarn

Im Zeitalter der globalen Urbanisierung wird das Thema Nachbarn leider immer wichtiger. Grundsätzlich können wir zwischen folgenden Nachbarschaftstypen unterscheiden: neurotische Spießer, lärmende Barbaren, nervige Spätklingler, manische Stühlerücker, osmanische Großfamilien, faschistische Kontrollfreaks, stille Perverse, stöhnende Sexbomben, nachtaktive Pumpsträgerinnen, stinkende Balkongriller, besenstielklopfende Dauerbeschwerer, taube Extremfernsehende und vereinsamte Treppenhausvollquatscher.

Xavier Naidoo

Der traurigste Mannheimer der Welt verrät vorab die Tracklist seines neuen Albums:

1. Es tut mir so weh
2. Die Nacht ist kalt und finster
3. Geh doch
4. Bleib hier
5. Es tut mir immer noch weh
6. Karl der Käfer (Coverversion)
7. Im Nebel allein
8. ES TUT MIR VERDAMMT WEH!
9. Das Leben ist kein Bryan-Adams-Konzert
10. Aua

Natursekt
Das ist mal wieder so ein Fall, wo ich gerne Gott wäre, um in die Schlafzimmer dieser Nation blicken zu können. Wie oft kam es wohl schon vor, dass ein erregter Herr beim Liebesspiel fragte: »Hast du Lust auf Natursekt?«? Und die in Perversionen und abnormalen sexuellen Spielarten wenig versierte Dame, die irrtümlicherweise dachte, er würde ihr einen biologisch hergestellten Perlwein anbieten, sprach: »Ja, gerne!« Außerdem würde ich gerne mal wissenschaftlich eruieren, ob Natursekt während der Spargelsaison nicht ein wenig von seiner Faszination einbüßt.

NEON
Ein Printmedium für Milchkaffeetrinker, die ein bisschen anders, ein bisschen kritisch, ein bisschen gescheiter sein wollen. Die fangen viele Sätze mit → »eigentlich« an, verlieren sich dann in Relativkonstruktionen und wollen mit dem Rauchen aufhören. Hören alle Franz Ferdinand und Mia.

Anna Netrebko
Es gibt keine Geschichte über die Netrebko, in der nicht geschrieben steht, dass die Arme früher mal den Fußboden des Mariinsky-Theaters in Sankt Petersburg putzen musste, um ihre Ausbildung zu finanzieren. Ist das nicht fürchterlich? Die wunderbare Netrebko mit der glockenreinen Stimme und den stimmigen Glocken hat tatsächlich mal putzen müssen. Es schwingt so eine unheimliche Notgeilheit bei all den Porträts und Elogen mit, die erregte Feuilletonisten über die russische Diva zusam-

menlabern. Der Höhepunkt ist immer die Frage, ob ihr Lieblingsgetränk nun Wodka oder Champagner ist. Interviewer vom Nachrichtenmagazin *Der Spiegel* stellten, offensichtlich benebelt von der Schönheit der scharfen Opernmaus, die völlig sinnbefreite Frage: »Ein weiteres, charmantes Gerücht besagt, dass Sie trinken können wie ein russischer Seemann. Ist es auch wahr?« Was in Gottes Namen ist an diesem Gerücht charmant? Fände es der Interviewer charmant, wenn in der *Spiegel*-Kantine getratscht würde, dass er ein notgeiler Operndiva-Verehrer ist, der bechert wie ein rumänischer Zigeunerbaron?

Netrebko antwortete jedenfalls sehr weise, dass sie noch nie in ihrem Leben betrunken gewesen sei. »Aber das kann ja alles noch kommen. Das ganze Leben liegt noch vor mir.«

Nicht klatschen

In einem Flieger nach der Landung nicht zu klatschen macht noch keinen coolen Kosmopoliten. Im Gegenteil. Klatschen ist fein, man sollte viel öfter klatschen. Auch in der Kirche, wenn einem gefallen hat, was der Mann im Kleid zu sagen hatte, oder im Supermarkt, wenn man eine wahnsinnig fixe Kassiererin erwischt hat. Es gibt so viel Bewundernswertes, das will beklatscht und gefeiert werden. Sagen Sie Bescheid, wenn Sie einen Claqueur brauchen das nächste Mal. Sie erkennen mich leicht. Ich bin die, die im Flieger klatscht.

Nigerianische Betrügerbanden

Ich habe letztens eine sehr schöne E-Mail bekommen: Ich bin ausgewählt worden von einer nigerianischen Firma.

Die haben ein Problem: 320 Millionen Dollar müssen auf ein deutsches Konto transferiert werden. Nun ja, die haben halt gerade niemanden, der das Geld nehmen kann, und da haben sie mich gefragt, ob sie es bei mir parken können. Und ich habe noch viel Platz auf meinem Konto. Trifft sich doch bestens, oder? Ich bin mir nicht ganz sicher, ob es normales Geschäftsgebaren ist, dass man per Mail wildfremde Leute fragt, ob sie nicht mal auf ein paar Millionen aufpassen können. Jetzt muss ich nur noch tausend Euro bezahlen für die Notargebühren und für die Überweisungskosten der Bank, weil die zwar 320 Millionen Dollar haben, aber gerade keine Kohle für die Banküberweisung.

Jedes Jahr fallen über 10 000 Deutsche auf diese total hirnverbrannte Betrügermasche aus Nigeria herein. Ich gönne den Nigerianern jeden Cent.

Winfried Noé

Liebe Esoterikerinnen, nach neuesten Erkenntnissen entstammt auch Astro-Zombie Winfried Noé der Gattung Homo sapiens. Bitte lassen Sie sich von seinem marsmenschenhaften Aussehen nicht täuschen. Es ist unwahrscheinlich, dass er Informationen über unsere Zukunft besitzt. Bitte rufen Sie nicht mehr an.

No-go-Areas I

Das sind Bereiche in Deutschland, in die man als Ausländer nicht gehen sollte, weil man Opfer von Gewalt werden könnte. Berühmteste No-go-Area ist Bayern, wo bereits der italienische Bär Bruno ohne viel Federlesens erschossen wurde. Da hat die bayerische Staatsregierung mal wieder gezeigt, wie man mit Migranten umgeht, die nicht eingliederungswillig sind.

No-go-Areas II

Auch ohne Migrationshintergrund raten wir Ihnen aus ästhetischen Gründen vom Besuch folgender No-go-Areas ab:
Bielefeld
Bottrop
Dortmund
Frankfurt (Oder!)
Hannover
Hof
Oer-Erkenschwick
Schweinfurt
Wuppertal

Nokia

Ich habe jetzt mein Nokia-Handy aus Protest gegen die Schließung des Werks in Bochum weggeschmissen. Als deutscher Wirtschaftspatriot benutze ich nur Produkte, die von Deutschen in Deutschland hergestellt werden. Es kann nicht sein, dass wir Firmen unterstützen, die ihre Produkte im Ausland herstellen, indem wir auch noch deren Produkte kaufen.

Klar ist das nicht ganz einfach. Natürlich kann ich jetzt kein Auto mehr fahren, weil in jedem Teile aus dem Ausland stecken – ganz zu schweigen vom Benzin. Fahrradfahren? Fernsehen? Kühlschrank? Pustekuchen. Ist doch alles Zeug aus Asien. Heizen? Geht leider nicht. Erdgas kommt bekanntlich aus Russland.

Ich finde, wenn ich als SPD-Vorsitzender schon in den Medien groß einen auf Boykottierer mache, dann muss ich auch in einer ungeheizten Hütte hocken und Gurken aus der Nachbarschaft fressen.

Nordic Walking

»Über allen Gipfeln ist Ruh. In allen Wipfeln spürest du kaum einen Hauch ...« Klick. Klack. Klick. Klack. Klick. Klack ...

Nudelmaschinen

Hat irgendjemand schon mal so ein Ding benutzt? Kann überhaupt wer die 98 Aufsätze für die verschiedenen Nudelsorten unterscheiden? Oder liegen die bei allen anderen auch in der umzugskartongroßen Originalverpackung? Nudelmaschinen sind eine prima Anschaffung – bis zum ersten Teig. Man macht eine Mordssauerei aus Mehl und Wasser und schmeißt das Ganze dann gleich wieder weg, weil man statt Mehl Hartweizengrießmehl braucht. Zu diesem Zeitpunkt sieht man aus wie jemand, der beim Koksen vornübergefallen ist. Mit dem neuen Teig gibt es wieder eine Mordssauerei, aber wenigstens kommen Nudeln aus der Maschine. Die sieht danach aus wie etwas, das jemand auf der Baustelle vergessen hat. Wer so gescheit war, gleich größere Mengen Nudeln zu machen, wird sich die nächsten Tage an lustig herabbaumelnden Spaghetti auf Besenstielen erfreuen.

Meine Nudelmaschine habe ich mitsamt den 98 Aufsätzen zum Wertstoffhof gebracht. Zusammen mit dem Wok und dem Brotbackautomaten.

O

Ochsenrennen

Hat das zufällig jemand gesehen? Das Prominenten-Ochsenrennen auf ProSieben? Da sind ein paar Leute geritten, die waren nur unwesentlich prominenter als die Ochsen. Wenn überhaupt. Gott sei Dank hatte das Spektakel keine gute Quote, sonst hätten wir uns auf einen Tier-Event-Hype gefasst machen müssen: Elefantenrennen, Straußengalopp, Fliegenfangen, Froschweitspringen, Schlangenwrestling, Känguruboxen (mit Stefan Raab), Schildkrötenmarathon, Eichhörnchenweitwurf, Pinguindomino …

Ofenfrisch

Leute, wir werden verarscht von der Industrie. Die Piemontkirsche in meiner Lieblingspraline »Mon Chéri« kommt gar nicht aus dem Piemont. Wohl aber kommt die Carmagnola-Minze da her. Ha! Eine Piemont-Minze! Claudia Bertani ist ein Luder und die Byzantinerkönigsnüsse in Ferrero Rocher sind eine Erfindung der Marketingabteilung. Aber die schlimmste Lüge unserer Zeit heißt: »ofenfrisch«. Dieser Terminus beim Bäcker heißt nichts anderes als »in Rumänien aus Fertigmischungen zusammengeknetet, tiefgefroren und in der Bäckerei eilig aufgebacken«. Das geht mir wirklich auf die Königsnüsse.

Ute Ohoven

Ich stehe wie eine Wand hinter Ute Ohoven. Die ist für mich eine ganz große Charity-Lady. Wie armselig ist das denn bitte, Ute Ohoven blöd zu finden. Das kann doch jeder. Hier wird es keine Witze über mögliche Schönheitsoperationen geben. Hier wird es keine Witze über die Lippen ihrer Tochter Chiara geben. Hier wird sich niemand das Maul zerreißen darüber, dass vielleicht mal der eine oder andere Euro der Charity-Kohle nicht am richtigen Ort angekommen ist. Die Krebskinder und die Behinderten können doch froh sein, dass sie überhaupt Kohle kriegen. Was ist das eigentlich für eine Erwartungshaltung? Da kommt die Society zusammen zu einer wunderbaren → Party, die Ute Ohoven persönlich in ihrer Freizeit organisiert hat. Dabei wird Geld gespendet. Und dann bekommt vielleicht irgendwann mal irgendein Behinderter einen Scheck. Das ist doch 'ne tolle Sache. Was sind denn das bitte für Vollidioten, die Ute Ohoven blöd finden?

Jamie Oliver

Jamie Oliver, Vater der Töchter Poppy Honey und Daisy Boo (→ Babynamen von Prominenten), ist der Rebell der europäischen Küche. Er befreite mit seiner radikal-subversiven Thunfisch-Mousse die britischen Arbeiter aus dem Manchester-Kapitalismus. Sein rebellisch-fruchtiger Salat mit Speck, Radicchio und Orangenfilets hat mehr für die Rechte der Arbeitnehmer getan als alle europäischen Gewerkschaften zusammen. Er hat gezeigt, dass man auch als Milchbubi mit Rechtschreibschwäche und Problemfrisur eine erfolgreiche Fernsehkarriere starten kann, wenn man die Karotten nur lange genug dünstet.

Orangen aus kontrolliertem Anbau
Was soll das? Ich will unkontrollierte, wilde Anarcho-Orangen! Orangen mit zerzausten Blättern, die lauthals »We don't need no education« singen. Die ständig die Zitronen provozieren und an U-Bahnhöfen rumlungern. Wilde, kiffende, unkontrollierte Früchtchen. Pogo-Obst.

Susanne Osthoff
Kann sich noch jemand an diese Schreckschraube erinnern? Das ist die, die im Irak von einer Terrororganisation mit dem Namen »Sturmtruppen der Erdbeben« als Geisel genommen wurde. Ich finde »Sturmtruppen der Erdbeben« wäre auch ein toller Name für eine Punkband oder eine Freizeitfußballmannschaft (Juventus Urin gegen Sturmtruppen der Erdbeben).

Osthoff jedenfalls war allein im Auto irgendwo im Hinterland unterwegs. Konnte damals ja auch wirklich niemand ahnen, dass so was gefährlich sein könnte. Später wurde sie von meinen Steuergeldern freigekauft.

Schließlich ist sie verschleiert im ZDF aufgetreten und hat wirres Zeug erzählt. Schade ums Geld.

P

Panini-Fußballbilder

Die Verteilung der Fußballbilder des WM-Heftes 2006 hat durchaus eine europapolitische Bedeutung. Als ich voller Vorfreude und Aufregung meine Tütchen aufriss, musste ich fast immer auf die schlimmste aller Fußballfarben blicken: Orange. Sie waren die erste Mannschaft, die ich komplett hatte. Am Ende hatte ich fast hundert Holländer. Ich sage nur: Mark van Bommel (12×). Seither hasse ich die Holländer. Nicht nur, weil sie jeden Sommer für Thrombose auf unseren Straßen sorgen. Nicht nur, weil sie den Niedergang des Tomatengeschmacks verursacht haben. Nein, einfach nur, weil sie da waren. In meinen Tütchen.

Pannenshows

Klein Dumpfbacke stürzt mit dem Fahrrad und knallt telegen vor Papis Videokamera voll auf die Fresse. Der schwere Weihnachtsbaum fällt Omi so fürchterlich auf die Birne, dass sich ganz Deutschland wegwirft vor Schadenfreude. Muttis dümmster Stolperer, die Liebe von Katzilein zum Papagei, Arschnases Bauchplatscher, wie Opi vom Rasenmäher kastriert wurde, wie Tante Ilse beim Sturz aus dem Fenster tödlich verunglückte und andere superlustige Momente aus dem deutschen Familienleben: Die Suppe immergleicher Pannen-Homevideos wird wieder aufgewärmt. Das Konzept ist so alt wie die

Witze von Otto. Von der »Superpannenshow« bis zu »Ich kotz gleich. Die dümmsten Drecksvideos aller Zeiten« bringen die Sparsender jedes Jahr neue Formate. Dank YouTube und der Demokratisierung der Videokameras müssen wir nun sogar damit rechnen, dass es bald reine Pannensender gibt. Womöglich werden dafür weite Teile von Ostdeutschland in Pannen-Erlebnisregionen umgewandelt. Hartz-IV-Empfänger werden dauerhaft gefilmt und müssen den ganzen Tag tollpatschig herumstolpern. Wer nicht mindestens eine sendefähige Panne am Tag vorweisen kann, dem wird die Sozialhilfe gekürzt.

Paralympics

Ein leeres Stadion. Ein Einbeiniger kämpft sich humpelnd in 3:18 Minuten durch das Rund. Eine wirklich tolle Leistung – für einen Einbeinigen.

Das ist ein etwas heikles Thema. Darf man Behindertensport überhaupt blöd finden? Darf man öffentlich fordern, dass die Olympiade der Versehrten und Verkrüppelten nicht mehr im Fernsehen übertragen wird, weil man lieber die Holzfäller-WM sehen möchte oder Snooker? Formulieren wir es mal so: Ich bin sehr froh darüber und halte es sowohl für ihn persönlich als auch für die Menschheit für einen Glücksfall, dass sich → Stephen Hawking für die Astrophysik entschieden hat und nicht für den Marathonlauf.

Parkverbote

Es ist ein trauriges Paradoxon, dass die Autoindustrie jedes Jahr Millionen Autos baut, aber keinen einzigen Parkplatz. Kein Wunder, dass die Gattung Abstellplatz bereits schlimmer vom Aussterben bedroht ist als das Spitzmaulnashorn. Ich wohne in der Münchner Innenstadt und fahre manchmal zwei oder drei Jahre lang nicht mit meinem Auto, bloß weil ich meinen Parkplatz nicht verlieren möchte.

Der Hauptgrund für die Parkmisere liegt darin, dass die Städte mittlerweile ihre Haushalte größtenteils durch Strafzettel-Einnahmen bestreiten. Dafür haben sie eine Armee bärbeißiger und unbarmherziger Söldnerinnen rekrutiert, die gnadenlos über die Einhaltung der Parkverbote wacht. Ich behaupte mal, dass der Irak und Afghanistan in kürzester Zeit befriedet wären, wenn sich die UN entscheiden würde, die hundert zickigsten deutschen Politessen dorthin zu entsenden.

Neulich ist mir folgende Geschichte passiert. Ich war keine drei Minuten beim Bäcker, komme raus – und stoße auf eine Politesse, die einen Strafzettel aufschreibt.

»Hey, ich war doch nur kurz beim Bäcker!«, rufe ich. – »Pech«, sagt die Politesse, »hier ist Halteverbot. Jetzt ist der Strafzettel schon ausgestellt.« – »Sie nehmen es sehr genau mit den Gesetzen. Für Geld würden Sie wohl alles tun. Wissen Sie, was Sie sind: eine Prostituierte der Regierung, nur sind Sie keine Bordsteinschwalbe, sondern ein Bordsteingeier!« – Sie wird pampig: »Halten Sie sich zurück, sonst kriegen Sie noch zusätzlich eine Anzeige wegen Beleidigung.« – »Wissen Sie was, Sie können sich Ihren Strafzettel dahin stecken, wo die Sonne niemals scheint …« – »Jetzt reicht's!«, ätzt sie. »Das gibt eine Anzeige. Wir sehen uns vor Gericht wieder.« Dann marschiert sie beleidigt davon.

Ich meine, mir ist es eigentlich egal. War ja nicht mein Auto.

Partys
Liebe Party, ich mache Schluss. Es hat keinen Sinn mehr mit uns beiden. Weißt du noch, als wir verliebt zu »La Boum« Schieber tanzten? Und schließlich mit feuchten Händen in der braunen Couchecke das erste Mal die Zunge in einem fremden Mund kreisen ließen? Als wir, Jahre später, auf der Klo-Umpüschelung des elterlichen Badezimmers knieten, um den Cointreau wieder von uns zu geben? Ja, das waren glückliche Momente. Als wir uns schließlich endlich in unserer eigenen Wohnung treffen konnten, da dachte ich, wir würden niemals auseinandergehen. Auch wenn mir diese Wohnung wegen dir wieder gekündigt wurde und die Nachbarn mich mit Essensresten bewarfen. Das Wegrutschen der Möbel, die Badewannen voller Nudelsalat, die unzähligen Flaschen Wein, die alle mitbrachten – um immer zuerst alle Biervorräte wegzutrinken … Wen kümmerten schon diese oder jene Fensterscheibe, Eddingkritzeleien, Alkoholvergiftungen? Bevor nicht mindestens dreimal die Polizei da war, warst du nicht zufrieden.

Aber dann ist irgendwas mit uns passiert. Wir haben uns länger nicht gesehen und plötzlich hattest du dich sehr verändert. Leblos machtest du dich in den verschiedenen Zimmern der WGs breit, in denen Kerzenlicht brannte und die Gäste im Schneidersitz und Socken Fragen stellten wie: »Glaubst du an Gott?«

Es dämmerte mir, dass etwas völlig falsch lief. Plötzlich hieß die Musik Techno und statt Bier wurde → Red Bull gereicht. Das war der Anfang vom Ende. Und jetzt kann ich dich kaum noch wiedererkennen, wie du dich in der → IKEA-Küche des befreundeten Pärchens herumdrückst, bei einem »schönen Glas Rotwein« und mich zum Rauchen auf den Balkon schickst. Nein, ich glaube, so geht es nicht weiter mit uns. Lass uns das beenden, bevor du von mir verlangst, mir einen Zettel auf die Stirn zu kleben, auf dem der Name einer Persönlichkeit steht, die ich herausfinden soll.

Partys in alten Fabrikhallen
Ich kann das nicht mehr aushalten. Je doller eine → Party ist, desto ranziger die Location. Stallungen, stillgelegte U-Bahnhöfe, unfertige Tunnel, Baustellen, Luftschutzkeller. Was ist so schlecht an Lustschlössern?

Patchwork
Ein Phänomen, das einem den Eindruck vermittelt, es wäre eine prima Sache, wenn Leute sich alle Nase lang scheiden lassen und den Kindern aus diesen Ehen neue Stiefelternteile ankleistern.

Pfefferstreuer
Experten sagen: Durch den unaufhaltsamen Wachstum der Pfefferstreuer werden diese in zwei Jahren die italienischen Kellner an Körpergröße um 80 Zentimeter überragen.

Pflanzen
Was ist eigentlich aus Ficus benjamini geworden? Diese freundliche Gestalt, die in jeder, jeder, jeder Wohnung so sicher anzutreffen war? Wahrscheinlich ist sie eiskalt ersetzt worden. Ich weiß auch, von wem: Von diesem bescheuerten Baum mit den drei in sich geflochtenen Stäm-

men, dessen Namen keiner kennt und den es bei → IKEA zu kaufen gibt.

Phishing
Dies ist eine offizielle Meldung Ihrer Sparkasse und Ihres Kreditinstitutes: Aufgrund einer technischen Umstellung unseres Computersystems benötigen wir folgende Daten, um Ihr Onlinebanking wieder für Sie freizuschalten. Bitte schicken Sie Ihre EC-Kartennummer mit Ihrer PIN- und allen TAN-Nummern und einer gescannten Kopie Ihres Lichtbildausweises an: arschgeweihbetruegereien @yahoo.com

Pianisten in Lobbys
Ich schreite über edlen Marmor, lasse mich in riesige weiche Sofapolster fallen. Ich genieße die Deckenhöhe der luxuriösen Hotellobby und nehme einen Schluck 480 Jahre alten Cognac. Welch Ambiente. Welch Glamour. Welch Savoir-vivre. Wäre da nicht dieser Typ, der auf dem Klavier seine unsäglichen Bar-Improvisationen klimpert. Warum in Gottes Namen glauben Hotelmanager überall auf der Welt, dass es luxuriös sei, wenn ein gichtkranker Senior am Klavier sitzt und alte Richard-Clayderman-Lieder spielt?

Pickel-Vergrößerungsspiegel
Es ist völlig unnötig, die eigenen Hautunreinheiten auf ein Hundertfaches zu vergrößern. Das sieht einfach nicht schön aus und hat mit der Realität auch nichts zu tun. Es kommt einem ja auf der Straße auch niemand mit einer

Lupe entgegen. Die Pickelmikroskope verleiten einen nur dazu, auf einer Feier im Gästeklo an sich herumzudrücken, um dann auszusehen wie ein Trottel, der an sich herumgedrückt hat.

PilatesYogaAyurveda

Da will man endlich mal was für sich tun, etwas für Körper und Geist und das eine oder andere Chakra, und geht zu PilatesYogaAyurveda. Man sieht sich schon entspannt in einem Tempel der Ruhe, gelassen und strahlend schön, elegante Bewegungen ausführen.

Und kniet am Schluss doch immer auf einer dünnen Schaumstoffmatte in einem Raum, in dem es ein bisschen nach Schweiß und Räucherstäbchen riecht, angestrengt einen Furz unterdrückend.

Rosamunde Pilcher

Die Romane von Rosamunde Pilcher sind … sind … sind Salz auf unseren Wunden.

Pimp

Alles ging los mit MTV und der Sendung »Pimp my Ride«. Da konnte man sich mit seinem alten Schrottauto bewerben und dann kam ein Team von Experten und pimpte die Kiste so auf, dass man es sogar mit dem örtlichen Zuhälter (engl. *pimp*) aufnehmen konnte. Doch hinter diesem Format versteckte sich eine wunderbare Idee: Wir müssen uns nur ein paar Experten holen und die sorgen dann schon dafür, dass alles gut wird. Das lässt sich auf alle Lebenslagen übertragen. Die Fernsehsender gründeten einen

Haufen → Einrichtungssendungen mit Wohnpimp Tine Wittler und anderen Nervensägen. Bei der Sendung »The Swan« konnten sich hässliche Entlein von Experten gleich zum großbusigen Schwan schönpimpen lassen. Auch im Alltag ist unser Pimp-Potential noch nicht ausgeschöpft: Alles ist verbesserungswürdig. Pimp my life.

Pinguine

Es war ein mitreißendes Epos: »Die Reise der Pinguine«. Der französische Regisseur Luc Jacquet zeigte, wie ein Trupp Kaiserpinguine so lange durch die Antarktis latscht, bis selbst der bequemste Kinositz zu drücken begann. Das Dokudrama verherrlichte die watschelnden Viecher: Wie sie sich eng zusammenkauern, um gegen die schlimmen Schneestürme zu bestehen. Wie treu sie tagelang auf dem Ei herumhocken, bis der Partner mit ein paar angefaulten Fischen zurückkehrt. Wie sie von den bösen Robben verspeist werden, die in jedem Eisloch auf sie lauern. Wie sich die Weibchen vom erstbesten Nachbarn knattern lassen, wenn der Gatte einen Tag zu spät aus der Winterpause zurückkommt.

Seither ist der Pinguin der Star unter den Tieren. Alle lieben Pinguine. Die Kinoindustrie schob mit »Happy Feet« gleich einen weiteren Film nach, der auf der Pinguin-Euphorie schwimmt. In Zoos werden Löwen und Giraffen gar nicht mehr beachtet. Robben müssen vor Attacken wütender Pinguinliebhaber geschützt werden. Selbst die Diddl-Maus steht mittlerweile im sozialen Abseits.

Aber sehen wir das Ganze mal sachlich: Pinguine sind die Tauben des Eises. Ratten im Frack. Ölige, flugunfähige Viecher, die da leben, wo nur Eisschollen treiben und französische Dokumentarfilmer hinreisen. Weit weg auf den schmelzenden Polkappen.

In ein paar Jahren ist die Pinguinliebe vergessen. Da werden die Mädchen wieder Ponyposter aufhängen. Da wird die Tierwelt einen anderen Superstar haben. Da interessiert sich kein Mensch mehr für die schmierigen Vögel. Der Ruhm ist vergänglich. Pinguine sind die Daniel Küblböcks der Tierwelt. In ein paar Jahren kann sich niemand mehr erklären, warum wir uns überhaupt dafür interessiert haben. Dann ist es uns vielleicht sogar ein bisschen peinlich, wenn wir zurückdenken, dass wir diesen ganzen Hype so unkritisch mitgemacht haben.

Pinkelhemmung

Die geheime Volkskrankheit unter Männern. Fast alle Deutschen haben Schwierigkeiten, neben anderen Männern zu pinkeln. Selbst wenn sie kurz vor dem Blasensprung in die Toilette stürzen, können sie nicht, bloß weil jemand neben ihnen steht, der leise pfeifend seinen Johannes ausschüttelt. Sie blicken, das harnbereite Genital in der Hand, voller Neid auf die sprudelnde Wonne des Nachbarn. Der fragt sich wiederum: »Warum kommt dieser Mann in die Toilette, nur um stundenlang phlegmatisch sein Gemächt an die frische Luft zu halten?«

Woran liegt diese Pinkelhemmung? War sie womöglich ein evolutionärer Vorteil, weil früher Krieger beim Wasser lassen gemeuchelt wurden? Vor allem aber: Ist Pinkelhemmung ein ausreichender Grund, einen Psychotherapeuten aufzusuchen? Zahlt das die Krankenkasse? Bekommt man dann eine Desensibilisierungsbehandlung, wo man mit einem Dutzend anderer Männer kollektiv pinkeln muss? Atemübungen? Urinieren unter Hypnose? Akupissur?

Pisa

Das war der größte Schock: Unsere Kinder sind blöder als die Österreicher. Und noch viel blöder als die Skandinavier. Die Finnen etwa machen schon mit elf Jahren Abitur und können bereits als 32-zellige Embryos besser rechnen als Berliner Hauptschüler in der neunten Klasse. Und wer soll wieder schuld sein? Unsere Lehrer. Die haben von der ganzen Pisa-Katastrophe in der Toskana erfahren, wo sie in ihrem dreimonatigen Jahresurlaub mit → Nordic Walking und Pilates gegen die Anstrengungen ihrer 21-Stunden-Woche ankämpfen. Sie geben den Schwarzen Peter an die Politiker weiter, die letztlich dafür gesorgt haben, dass Lehrer so wenig verdienen wie Klinikärzte und deshalb nur minderbegabte Pädagoginnen diesen Karriereweg einschlagen. Die Politik weist die Vorwürfe zurück und bietet einen klugen Vorschlag, um das Problem zu lösen: Edmund Stoiber möchte Hauptschulen mit sofortiger Wirkung in Realschulen umbenennen. Kommunion heißt außerdem ab sofort Abitur und der Kindergarten gilt als Diplomstudiengang für Informatik, Jura und Kunst. Damit wären wir wieder die klügste Nation der Welt. Da müssten sich die Finnen ganz warm anziehen.

Pitt-Mädchen und Depp-Mädchen

Ich habe das Gefühl, dass es weitreichende Folgen hat, je nachdem ob eine Frau auf Brad Pitt steht oder auf Johnny Depp. Pitt-Verehrerinnen stehen auf Helden, die Depp-

Fraktion liebt den Antihelden. Und gegenseitig finden sie sich grauenhaft. Wenn Sie also eher ein muskelbepackter → Coke Zero trinkender ganzer Kerl in Jeans sind, sollten Sie Ihre Zeit nicht an Depp-Mädchen verschwenden. Die stehen nämlich auf den androgynen Dünnen mit Schal und Ohrring und lesen Bücher, von denen Sie noch nie gehört haben.

Plasmafernseher
Die Verflachung des Fernsehens nimmt weiter zu.

Plastikarmbänder
Dieser Radfahrer hat damit angefangen. Mit seinem gelben »Ich hab fast meinen Sack verloren und bin deshalb gegen Krebs«-Band. Dann boomten diese bunten Solidaritätsbezeugungsbänder: Mit Rosa demonstrierte man gegen Brustkrebs, mit Weiß gegen Armut, Rot bedeutete »gemeinsam für Afrika«, Schwarzweiß opponierte gegen Rassismus. Die Bänder sind mittlerweile wieder out. Und Afrika ist immer noch arm.

Plattitüden, die wir nicht mehr hören wollen
- »Aber das Hinterland von Mallorca ist wirklich sehr schön.«
- »Harald Schmidt war früher besser.«
- »Ich esse ja lieber weniger Fleisch, dann aber richtig gutes.«
- »Sollen sie doch jedem einen Ball geben.«
- »Da wollen wir doch nicht päpstlicher sein als der Papst.«

- »Ich möchte mehr für MICH tun.«
- »Jetzt sollten wir mal die Kirche im Dorf lassen.«
- »Das hätte mein Dreijähriger auch gekonnt.«
- »In Maßen genossen ist alles gesund.«
- »Es hat eben nicht sollen sein.«

Playmate-Chat
Playmates haben unter anderem den Job, den gewillten Lesern ein Stündchen lang im Internet-Chat Rede und Antwort zu stehen. Oft wird bei diesen Gelegenheiten eine Diskussion über aktuelle Themen wie die Überbewertung der Dirac'schen Konstanten in der Heisenberg'schen Unschärferelation angeregt.

Pluto
Es ist die vielleicht traurigste Geschichte der letzten Jahrzehnte. Seit seiner Entdeckung 1930 war der Pluto ein vollwertiges Mitglied unseres Planetensystems. Nun gut, er war schon immer ein Außenseiter. Fast fünf Milliarden Kilometer von der Erde entfernt, drehte er ganz hinten am Arsch unseres Universums, da wo die Sonne niemals scheint, einsam seine Kreise. Er galt schon immer als extrem unterkühlt, als Einzelgänger, als einer von den Planeten, bei denen man sich nicht wundern würde, wenn sie eines Tages bewaffnet ins Lehrerzimmer stürmen würden. Die Internationale Astronomische Union hat nun dem Pluto die Planetenwürde aberkannt. Er heißt jetzt nur noch: Nummer 134340. Was für eine herzlose Entscheidung. Tausende Plutomanen protestieren. Ich gehe sogar so weit zu behaupten: Der Pluto ist der Bär Bruno des Weltalls.

Politische Korrektheiten
Kleinwüchsige Menschen werden in den USA »vertically challenged« genannt. »Vertikal Herausgeforderte«. Das klingt nach Würstchenschnappen. Bei der politisch korrekten Namensgebung für Randgruppen dürfen wir Deutschen nicht hinterherhinken.

Schwarze Menschen heißen mit sofortiger Wirkung »Besserpigmentierte«. Fettsüchtigen gefällt bestimmt »Gutsichtbare«. Und Bulimiekranke? Hüft-Knie-Flexible!

Polizeigewerkschaftsaufkleber
Welcher Vollidiot glaubt heute noch, dass er keinen Strafzettel bekommt, bloß weil er einen Polizeigewerkschaftsaufkleber in die Frontscheibe klebt?

Pollenflug-Voraussagen
Zu was die wohl gut sind? Wenn am nächsten Tag Birkenpollen aus Nordnordost geflogen kommen – was fängt der geneigte Allergiker mit dieser Information an? Das versaut doch einfach nur den Tag im Voraus. Ich reagiere da sehr verschnupft.

Pop-up-Fenster mit Musik
Finde ich irgendwie noch schlimmer als Pop-up-Fenster ohne Musik.

Poster
Folgende Poster sind ab sofort verboten:
– das Gewürzposter

- das Nudelposter
- Frank Zappa auf der Toilette
- das Schwarzweißbild, wo Arbeiter in New York auf einem Stahlträger sitzen
- Bob Marley
- Che Guevara

Harry Potter

Die Welt hält den Atem an! Weil Harry Potter endlich knutscht. Auch ich bin neugierig, wie es mit dem kleinen Klugscheißer weitergeht, und habe mir Titelentwürfe der nächsten Bände angesehen:

Harry Potter und der schreckliche Fleck
Harry Potter im Bumsbomber nach Hogwarts
Harry Potter und die verfluchte Prostata

Prinzipien

Ex-Tagesschau-Sprecherin und Nervensäge Eva Herman hat dem deutschen Buchmarkt nach ihren tollen Werken (*Mein* Kind *schläft durch* und *Vom Glück des Stillens*) ein weiteres Werk beschert: *Das Eva-Prinzip – für eine neue Weiblichkeit*: Frauen sollen nicht arbeiten, sondern sich besser um Herd und Kinder kümmern.

Das ist natürlich nicht das einzige wichtige Prinzip des Zeitgeists. Populär sind auch:

- das *Axel-Prinzip* – Alte Boxer sollen nicht arbeiten, sondern sich besser um Herd und Kinder kümmern.
- das *Bohlen-Prinzip* – Wechselnde junge Frauen sollen sich um den Herd kümmern.
- das *Foffi-Prinzip* – Hauptsache, irgendwas zum Knattern

- das *Edmund-Prinzip* – Der Münchner Flughafen ist echt nah.
- das *Grass-Prinzip* – Jede PR ist gute PR.
- das *Dick-Cheney-Prinzip* – Einfach mal jemandem in den Hintern schießen und dann behaupten, er sei eine Wachtel.

Promi-Parfums
Der letzte Schritt in der endlos langen Verwertungskette von Promi-Ruhm ist das eigene Parfum. Aber wer will schon nach Gabriela Sabatini riechen, nach Jennifer Lopez oder Naomi Campbell? »Intimately Beckham« etwa riecht nicht nach Davids Hosenstall oder Victorias Schmetterling, sondern ist ein ganz herkömmliches Parfum.

Aber es gibt schon einige Prominente, von denen man sich ein Parfum wünschen würde:

Pete Doherty – *Heroîn*
Saddam Hussein – *Schuld und Sühne (winter flavour) – for him*
Jamie Oliver – *Thûnfisch comme Oregano*
Ottfried Fischer – *La Bulle testostérone*
Sebastian Schweinsteiger – *L'Schweïñstéigèr*

Promi-Sendungen
Was wären wir ohne unsere Prominenten? Aufopferungsvoll setzen sich Alice Schwarzer, Sky Dumont und seine Alte, Mario Barth, Hellmuth Karasek und all die anderen Schreckschrauben in überhitzte Studios, um stellvertretend für uns an Rechtschreib-, → PISA- oder Benimm-Tests teilzunehmen oder um beschissene Lie-

der aus den achtziger Jahren zu kommentieren oder um Würste zu grillen oder um beim ZDF-Promi-Turnen über Schwebebalken zu latschen. Und wir fiebern daheim am Fernseher mit: Ist Mario Barth wirklich so dumm wie die Witze, die er macht? Wird → Johannes B. Kerner am Reck verrecken?

Ich setze mich dafür ein, dass Prominente in Deutschland wieder eine geschützte Intimsphäre genießen. Sie sollen sicher sein, dass ihnen keine Paparazzi auflauern und sie beim Seitensprung ablichten. Im Gegenzug fordere ich, dass Prominente auch uns eine gewisse Intimsphäre zusichern. Auch wir Bundesbürger wollen in unserem Wohnzimmer ein promifreies Privatleben.

Prosecco

Die Cappuccinisierung unserer Gesellschaft ist abgeschlossen. Die Deutschen kaufen endgültig jeden Dreck, solange er nur aus Italien kommt. Die Pizza meuchelte unseren Braten. Die Pasta regiert die Welt der Sättigungsbeilagen. Der Grappa hat unsere erlesenen Obstbrände ausgerottet. Schließlich kam der Prosecco und stürzte unseren Sekt in die Bedeutungslosigkeit.

Ich möchte ein paar Worte zu dieser pappigen Plörre verlieren. Es gibt ja kein Büro mehr, wo nicht schon am frühen Nachmittag die Korken knallen und die Sekretärinnen und Sachbearbeiterinnen hysterisch kichernd im Proseccorausch durch die Flure taumeln. Im Perlweinnebel versichern sich die völlig unproduktiven Nervensägen gegenseitig, wie herrlich der Prosecco doch munde. Als besonders hochwertig gilt dabei die üble Suppe, die italienische Weinbetrüger mit diversen Paketschnüren verzieren. Das Öffnen von derart liebevoll verpacktem

Billigperlwein gilt beim Proseccoproletariat als Gipfel des Lifestyles.

Eigentlich wollen diese Leute ja nur das Lebensgefühl der Champagnerschickeria inhalieren. Dieses wunderbare Perlen auf der Zunge. Das frivole Kitzeln ganz hinten am Gaumen. Der leichte Schwindel am helllichten Tag. Das zarte Gurgeln im Bauch. Mit dem leichten Aufstoßen während der Arbeitszeit vermelden die Proseccokonsumenten ihre Zugehörigkeit zur Mittelschicht. Das Bäuerchen der Dekadenz.

Pussybier

Beck's Gold, Bit Sun, Jever Fun.

Pute

Schon mal eine Pute gesehen? Wie beschissen die ausschaut. So ein hässliches Vieh. Und das Fleisch schmeckt nach gar nichts. Fettarm. Cholesterinarm. Mager. Irgendwie protestantisch freudlos. Das Gemüse unter den Fleischsorten.

R

Raabs Zähne

Ich bin kein Zahnexperte, aber kann es sein, dass der Dentaltechniker, der Stefan Raabs Vorderzähne angepasst hat, sich ein klein wenig in der Größe vertan hat?

Racing-Team-Jacken

Ich hab mal nachgerechnet: Wenn alle Leute, die ich auf der Straße mit einer Jacke gesehen habe, auf der »Mercedes McLaren« steht, tatsächlich bei denen arbeiten, dann verfügt Mercedes über ein amtliches Heer von Halbglatzenträgern, die jederzeit die Weltherrschaft übernehmen könnten.

Radsport

Endlich: Die erste »Tour de France« seit der lange überfälligen Legalisierung von Doping. Jan Ullrich vom Team Sandoz startet diesmal mit dem Blut eines Himalaya-Sherpas und einer Gebirgsgemse. Über eine Infusion fließt eine Suspension aus Kokain, Speed und Amphetaminen in seine Adern. »Ich fühle mich topfit«, erklärte Ullrich vor dem Start fröhlich. Sein Konkurrent Floyd Landis vom Team Pfizer hat sich Stierhoden implantieren lassen und experimentiert mit Gepardenmuskeln im Unterschenkel. Top-Favorit Ivan Basso, der vom israelischen Geheimdienst Mossad ausgestattet wird, hat sich Hüften und Beine komplett gegen Robotertechnologie austauschen lassen. »Nichts, was wir nicht in den letzten Jahren auch schon gemacht hätten, aber endlich müssen wir nicht mehr alles verheimlichen«, erklärte einer seiner Sprecher.

Basso gewinnt, Ullrich wird wie immer Zweiter.

Rap

Nichts gegen Klischees, aber gibt es dazu eigentlich noch etwas anderes als das Arschwackel-Weißer-Mercedes-Goldzahn-Tittenschwenk-Trainingsanzug-Verbrechervisagen-Motherfucker-Goldkettchen-Zuhältervideo?

Rasierer

Ich wundere mich immer wieder über diesen euphorisch gesungenen Slogan: »Gilette für das Beste im Mann.« Bin ich jetzt belämmert oder ist das nicht ganz korrekt? Der Bart ist doch nicht im Mann, sondern allenfalls am Mann dran. Der Spruch müsste doch heißen: »Gilette für das Beste *vom* Mann.« Aber ob der Bart das Beste vom Mann ist? Ich finde: nein.

Inzwischen gibt es ja bereits Rasierer mit fünf Klingen. Der Trend geht zur Vielklingerei. Vor zehn Jahren kamen die Doppelklingen, dann drei und schließlich vier Klingen. Ich habe das mal hochgerechnet, im Jahr 2050 haben die Gilette-Rasierer »Ultra hardcore extra raketensensitive« vielleicht schon 38 Klingen. Damit kann man sich dann auch gleich noch die Falten wegrasieren und die Tapeten abziehen. Da sterben dann mehr Kinder an Rasierunfällen im Badezimmer als an Landminen. Falls die Männer bis dahin überhaupt noch Bärte haben – die → Evolution ist der größte Konkurrent von Gilette.

Rasta-Locken

Weiße Jungs und Mädchen aus der unteren Mittelschicht, die sich für teures Geld vom → Friseur Rastalocken machen lassen, dass es so aussieht, als hätten sie Dreck in den Haaren. Yo man? No man!

Raststättentoiletten

Ich bin letztens mit übervoller Blase auf der Autobahn gefahren. In höchster Not konnte ich mich zur Raststätte retten. Vollbremsung – rausgetaumelt – reingerannt. Doch da fand ich mich vor einem Drehkreuz und einer militanten Toilettenfrau wieder. Ohne Rücksicht auf mein Unbill und unter Gefährdung meines Lebens, schickte sie mich noch mal zurück ins Auto, um 50 Cent zu holen. Sanifair nennt sich diese unfaire Sanitätsabzocke der Tank & Rast GmbH. Dafür gibt es auch noch diese ekelhaften, selbstreinigenden Toilettensitze, die jeden Erreger langsam und gleichmäßig auf der Brille verteilen. Was haben Toiletten mit Gittern und Drehkreuzen am Eingang in einer freiheitlich-demokratischen Gesellschaft zu suchen?

Matthias Rath

Auf der Liste der größten Arschnasen hat der selbsternannte Krebsheiler Matthias Rath einen Ehrenplatz. Vor zwei Jahren traktierte er einen schwer krebskranken Jungen bis zu seinem Tod mit Vitaminpräparaten. Liebe

Krebspatienten, die Hoffnung stirbt bekanntlich zuletzt, manchmal bildet die Hoffnung sogar Metastasen, die sich verteilen und an den wundersamsten Orten niederlassen. Weder Haifischknorpel noch Quark-Leinöl-Diät noch Ziegenmilch noch Endobionten noch irgendwelche Vitamine helfen gegen Krebs, sonst hätten unsere lieben Ärzte das doch auch schon spitzbekommen und nicht nur Matthias Rath.

Rauchverbot

Die Situation in Deutschland gerät außer Kontrolle. Beobachter vor Ort berichten von dramatischen Zuständen. Die Unterdrückung und die Ausbeutung unschuldiger Raucher nehmen jeden Tag zu. Endlich bieten humanitäre Organisationen ihre Hilfe an.

»Ja, wir werden unsere Teams nach Deutschland schicken«, erklärt Pressesprecher Arnold Müller vom »Internationalen roten Balken«. Sie schicken Feuerzeuge, Aschenbecher und Heizdecken für Raucher, die durch die neuen Verbote dazu gezwungen werden, bei fürchterlichen Wetterverhältnissen vor den Türen der Gaststätten auszuharren. Die Hilfsorganisation »Raucher ohne Grenzen« schickt ehrenamtliche Paffer bis in die entlegendsten bayerischen Käffer. Mehrere Kettenraucher bilden in Worms eine Raucherkette. Aus Graz hat sich ein Lungenzug mit Hilfsgütern in Bewegung gesetzt. Die »Kipp Anamur« ist schon in der Ostsee unterwegs. Das Team von »Kippen für die Welt« will mit Filtern, Tabak und Papers eher Hilfe zur Selbsthilfe leisten. »Der weiße Rauchring« will eine Schule gründen und einen Brunnen bauen. »Keine Ahnung, was das mit den Rauchern zu tun hat«, erklärt Präsidialmitglied Ingrid Bäuerlein-Heeberle verwirrt.

Bob Geldof plant nun sogar ein Smoke-Aid-Konzert: »Wir werden an über hundert Orten der Welt vor mindestens 45 Milliarden Zuschauern Konzerte geben und nebenbei eine rauchen«, erklärte Sir Bob optimistisch. »Smokie« und »Ziggie Stardust« haben spontan zugesagt.

Doch nicht überall stoßen die Hilfsangebote auf positives Echo. »Es kann nicht sein, dass die rauchenden Jugendlichen auf Steuerkosten in betreute Rauchercamps nach Kuba geschickt werden, wo ihnen Sozialpädagogen auf einer Tabakplantage beim Inhalieren helfen«, sagt Winfried Apnoe von der Gemeinschaft der deutschen Steuerzahler.

Die Jugendlichen leiden unter den schlechten Vorbildern. Denn immer mehr Gewalt findet auch in den Familien statt. Oft werden Nichtraucher bei Regen und Sturm auf den Balkon geschickt. Deshalb bleibt Rauchern oft nur noch ein Ausweg: Sie flüchten in eines der wenigen Raucherhäuser. Stefan Hugmeier, Leiter des Raucherhauses Ingolstadt erklärte gestern: »Die Nichtraucher werden immer aggressiver. Oft ist das Raucherhaus die letzte Zuflucht für wehrlose Raucher, die nicht ihr Leben auf dem Balkon fristen möchten. Wir sind derzeit bis aufs letzte Raucherzimmer belegt.«

In einem sind sich alle Beteiligten einig. Die derzeitigen Probleme mit galoppierender Intoleranz in Deutschland lassen sich nur dann lösen, wenn alle an einem Strang ziehen. Oder an einer Kippe.

Rechtschreibreform

Die Jahrhundertreform. Endlich sollte die deutsche Sprache so einfach werden, dass sogar Hauptschüler sie lernen können. Doch bereits vor der Reform kam es zu Unstimmigkeiten. Was passiert mit einem langen Vokal nach einem kurzen Konsonanten? Wer hilft dem Hilfsverb?

Bald verhärteten sich die Fronten. Der Streit um die Reform eskalierte. Mehrere Hundert Pilspub-Wirte gingen für die Erhaltung des Deppenapostroph's in den Hungerstreik. Unter den Streikenden waren Uschi's, Bernd's und Gemütliche's. Im Frankfurter Zentrum für deutsche Sprache verschanzten sich dreihundert vermummte Kleinschreibungsfanatiker. Eine Badische Gruppierung für die Stärkung des Genitalpronomens entführte mehrere Legastheniker und deklinierte sie in der Öffentlichkeit. Die militante Zelle für die »Stärkung der Rechte des scharfen ß« mit dem schockierenden Namen »Waffen-ß« organisierte in Bad Birnbach eine Dudenverbrennung. Die Faschisten fordern eine endgültige Lösung der Dudenfrage. Osama bin Laden gab überraschend bekannt, dass der heilige Krieg nur vorgeschoben war und es der Al Qaida letztlich nur um die Erhaltung des Genitivs geht. Mit sofortiger Wirkung hat sie sich umbenannt in Al Qaida's.

Red Bull (Energydrinks)

Es gab mal eine Zeit, da waren die Leute noch müde. Früher. Das kann man sich heute kaum noch vorstellen, wenn man das erzählt. Damals, die meisten Kinder und Jugendlichen wissen das gar nicht mehr, gab es ein Möbelstück, das wurde Bett genannt. Da sind die Menschen abends hineingegangen, wenn sie müde waren, haben eine Decke über sich gelegt und sind eingeschlafen. Kein Witz. Die sind dann teilweise noch vor der Afterhour wieder aufgewacht.

Reiche Russen

Reiche Russen sind für mich die letzten Pippi Langstrümpfe unserer Zeit. Und die, die sie hassen, sind wie Annika und Tommi. Niemand feiert so gnadenlos nach dem Spaßprinzip und schert sich so wenig um Anstandsregeln wie reiche Russen. Wenn jemand in einem Fünfsternehotel von vier Hotelangestellten von der Bar in sein Zimmer getragen wird, kann man davon ausgehen, dass es ein Russe ist. Wenn wir Milchkaffeetrinker hingegen bis zum Umfallen feiern, gipfelt das in einem schwankenden Gang zum Klo, über dem wir dann erbärmlich hängen und uns die Seele aus dem Leib kotzen. Deswegen mag keiner die Russen, weil man sich neben ihnen immer vorkommt wie Annika oder Tommi. Statt ein paar Tische weiter zu sitzen und sich verächtlich zu geben, ruhig mal rüberprosten. Einige meiner besten Nächte haben so begonnen.

Reisen ins Weltall

Wie viele Artikel gab es schon darüber, dass irgendein trotteliger Millionär eine Reise ins Weltall plant und es bereits eine unglaublich lange Warteliste gibt, auf der man sich eintragen kann, um für schlappe 180 000 Euro einen zweitägigen Trip ins Unendliche zu buchen? Angeblich stehen die Interessenten Schlange, um sich unter Lebensgefahr in die Umlaufbahn katapultieren zu lassen. Warum nur? Weil einem dabei garantiert kotzübel wird? Weil da oben selbst Grobmotoriker jonglieren können? Weil es kalte Spaghetti aus der Tube gibt? Weil man für 180 000 Euro einen Blick auf die Erde kriegt, den es bei Google Earth im Internet für lau gibt? So was Ödes. Da ist ja auf Malta mehr zu sehen.

Reiterstiefel
Ich suche eine Frau, die sich in den letzten zwei Jahren *keine* Reiterstiefel gekauft hat. Ernsthafte Absichten. Ehe möglich. Zuschriften bitte an den Verlag.

Relaxtees und Fußpflegecremes
Wenn den Leuten nichts einfällt, was sie einem schenken könnten, warum stecken sie einem dann nicht einfach Geld zu? Wie, irgendwie blöd, nicht persönlich genug? »Drauf geschissen!«, ruf ich da. Lieber hab ich einen unpersönlichen Zwanziger in meiner Hosentasche als den hundertsten Entspannungstee samt niedlicher Keramiktasse und so einem Holzstab, wo brauner Zucker dranklebt (in Cellophan eingewickelt). Das Gleiche gilt für diese ganze Beauty-Kacke. Seit die wunderbare Welt des Spa Deutschland überpeelt hat, steht die Selbstverwöhnung ganz hoch im Kurs. Aber was soll man von Leuten halten, die einem Fußpflegecreme schenken? Fußpflegecremes – also echt!

André Rieu
Es gibt manchmal zentrale Entwicklungen des Zeitgeists, die kriegt man gar nicht mit. Ich kannte zum Beispiel bis vor kurzem André Rieu nicht. Echt wahr. Den berühmtesten, schönsten, einzigen Zaubergeiger aller Zeiten kannte ich nicht. Nie gehört, nie gesehen. Und das zu einem Zeitpunkt, an dem bereits jede zweite deutsche Frau seinem öligen Charme erlegen war.

Sie kennen ihn auch nicht? Er ist schwer zu beschreiben. Er sieht aus wie eine Art ungarischer Hansi Hinterseer mit einer Frisur, die an Günther Netzers Haarhelm erinnert. Er hat große Augen wie ein Frosch, kurz bevor er von einem LKW überfahren wird, und strahlt eine hohe Karel-Gott-artige postsozialistische Glaubwürdigkeit aus. Bei seinen Auftritten präsentiert er sich wie das Duracell-Häschen, nur mit Geige statt Trommel. Er wird immer von sehr gut aussehenden Nebengeigerinnen umgeigt, um den Männern den Auftritt erträglicher zu machen, wenn sie ihn mit ihren klammen Frauen zusammen anschauen müssen. Sein größtes Geheimnis ist das Lachen. Wenn er wie ein Honigkuchenpferd in die prall gefüllten Ränge schäkert, fühlt sich jede einzelne Frau angesprochen. In der längst nicht mehr werberelevanten Gruppe der klimaktierenden Damen würde die Mehrheit sogar George Clooney von der Bettkante stoßen, wenn Rieu seine Fiedel auspacken würde.

Rooibostee
Ich habe nichts gegen Rooibostee, nur gegen die Leute, die ihn trinken.

Rütli-Schule
Als Nachfolger der Waldorf- und Montessori-Schulen setzte der Schweizer Pädagoge Hans-Heinrich Rütli neue Maßstäbe in Sachen Bildungseinrichtungen. Seine faszinierende Lehre, die Schüler zwischenmenschlich neue Wege gehen zu lassen, sorgte für große Aufmerksamkeit in den Medien. Rütlis Philosophie basiert darauf, möglichst viele unterschiedliche Kulturkreise an einer Schule zu versammeln, die möglichst nicht dieselbe Sprache sprechen und so einen kreativen Umgang mit Sprache lernen (»Hast du fett krass Arsch offen?«). Die Phantasie

der Kinder förderte er mit wenigen Hilfsmitteln, denn die meisten Waffen brachten die Kinder selbst zum Unterricht mit. Die Kleinen können den Umgang und Handel mit illegalen Drogen spielerisch in Neigungskreisen auf dem Pausenhofgelände erlernen. Auch die Maxime seiner Lehre, nicht in Meinungsverschiedenheiten der Schüler einzugreifen, wird streng befolgt. Besonders, wenn Waffen im Spiel sind. Die Lehrer kommunizieren nach Rütli gar nicht mehr mit den Schülern, sondern wenden sich in Briefen direkt an die Öffentlichkeit. Durch die gute PR-Arbeit kommen viele Kamerateams aufs Schulgelände, die den Kindern die Möglichkeit geben, sich vor der Kamera zu profilieren und so eine tolle Karriere als TV-Asoziale bei RTL 2 zu beginnen.

S

Sachen, die nicht funktionieren

Seit sich die ersten Amöben in einem kleinen Teich irgendwo auf diesem Planeten zusammengetan haben, sind 60 Milliarden Jahre vergangen. Genug Zeit, damit aus den Amöben Fische wurden, die eines Tages ans Land krochen, die Bäume bestiegen und die wunderbarste, klügste und faszinierendste Art dieses Planeten wurden. Leider kam eines Tages auch der Mensch. Der hatte eine Million Jahre Zeit, um sich zu einem intelligenten Wesen zu entwickeln, Raketen auf den Mars zu schießen und viele nützliche Dinge zu erfinden, zum Beispiel:

- Supermarkt-Einkaufswagen oder Gepäckwagen, die blockieren oder dauerhaft um die Kurve fahren
- Rolltreppen, die dauernd defekt sind
- Spülmaschinen, in die keine großen Gläser oder Teller passen
- elektronische Parkhilfen, die Betonpfeiler übersehen
- Supermarktkassen, die den Barcode nicht lesen können
- Toaster, die entweder gar nicht toasten oder das Brot verkokeln
- Frischhaltetüten in der Obstabteilung im Supermarkt, die zusammenkleben und jede Befüllung verunmöglichen
- Navigationsgeräte (Berechnung dauert zehn Minuten, »Bitte biegen Sie jetzt rechts ab« – mitten im Tunnel)

- berührungslose Wasserhähne (die erst Wasser freigeben, wenn man wie ein Hampelmann minutenlang davor herumfuchtelt)
- Fotokopierer (kein Papier drin, falscher Papierausschnitt gewählt, alles schwarz, Toner leer)
- Ketchup- und Senftüten, die sich entweder gar nicht öffnen lassen oder einem die Hose versauen
- Kaffeevollautomaten (»Wassertank leer«, »Satzbehälter voll«, »Maschine entkalken«, »Gerät reinigen«, »Bohnenbehälter leer«, »Fehler«, »Gerät defekt«)

Salat von McDonald's

Die letzten Jahre sind nicht so toll gewesen für die Schnellkostindustrie. Das goldene Zeitalter, in dem sich übergewichtige Leute mit schwerer Akne ein Maxi-Menü mit Apfeltasche und Fischmac reinhauten, scheint vorbei zu sein. Der Dokumentarfilm »Supersize me« legte sogar den Verdacht nahe, dass man sich mit Fastfood in ein paar Monaten auf besonders grausame Art und Weise umbringen könnte.

Deshalb gibt es jetzt überall gesunden Salat. Es geht nichts über erntefrisches Grün, das von einer rumänischen Küchenhilfe bei 180 Grad gewaschen, desinfiziert und geschnetzelt wird. Dann wird das Grünzeug in Plastikschalen gelegt und kurz vor dem Konsum mit einer großen Menge Develey-Salattunke beschüttet, die mehr Kalorien hat als drei Big Macs zusammen.

Aber wer will schon bei McDonald's Salat essen? Das ist doch wie Mau-Mau spielen im Puff.

Salatgarnituren
Bestelle ich in einer Wirtschaft ein Schnitzel mit Kartoffelsalat, will ich Folgendes auf meinem Teller sehen:

a) Schnitzel
b) Kartoffelsalat

Hätte es mich nach einem welken Salatblatt mit einem Tomaten-Schnitz ohne Salatsauce gelüstet, hätte ich vermutlich bei der Bedienung nachgefragt, ob ich ebendieses bekommen könnte.

Sammelsurien mit nutzlosem Wissen
Der dritte Sonntag vor Aschermittwoch heißt Septuagesimae.

Der traditionelle Begriff für regionales Fasten lautet »Jejunium consuetudinarium«.

Rama IV. ist am selben Tag gestorben, an dem er geboren wurde.

Der 16. Tag des Tonalpohuali (»Buch der Sonnen und Tage«) heißt Cozcaququhtli.

Für neun Uhr abends steht in der Blumenuhr das »nickende Leimkraut«, eine Stunde später die »Gartenknopfwinde«.

(Alles aus *Schotts Almanach 2007*)

Warum interessieren sich die Menschen für so was? Ist es toll, unter Bildungsbürgern bei einem Gläschen → Prosecco zu verkünden, dass heute Cozcaququhtli ist? Treffen wir uns kurz nach der Gartenknopfwinde am Septuagesimae auf eine gemütliche Runde sülzköpfigen Sammelsurien-Wissensaustausch?

Scat

Scat ist das lustige Hörnchen aus »Ice Age«, das die ganze Zeit versucht, seine Nuss in Sicherheit zu bringen. Geht es uns Menschen nicht allen so? Wir glauben, wir hätten es fast geschafft, und dann kommt wieder etwas dazwischen. Sind wir nicht alle letztlich nur kleine Scats, die ihr Leben lang hinter der Nuss herjagen? Ist Scat nicht ein wunderbares Sinnbild für die Unbill der Globalisierung und des immer aggressiveren Kapitalismus?

Ich finde nicht. Mir geht Scat einfach nur auf die Nüsse.

Schamhaare

»Jaja, Schamhaare«, seufzen immer noch wehmütig einige wenige. Der Bär wurde ausgerottet. Die weibliche Schambehaarung ist nur noch ein Strich in der Landschaft. Adieu Dreieck. Wo früher üppige Wälder standen, stehen heute nur noch triste Mittelstreifen – an einem Ort, an dem es nichts zu teilen gibt.

Scharf essen

»Bitte extrascharf!« Wer kennt diese Bestellung nicht? Vorgetragen mit stolzgeschwellter Brust: O ja, ich kann ganz schön was vertragen. Ich bin einer, der gerne auf ultra-scharfe Chilis beißt, weil ich mal im vietnamesischen Kongo ein halbes Hühnchen gegessen habe, das selbst den Einheimischen die Tränen in die Augen getrieben hätte. Ich bin so abgehärtet. Ich bin so abenteuerlich.

Doch was motiviert diese armseligen Chili-Helden? Der einzige Pfeffer in ihrem Leben kommt vom Porsche Cayenne. Der einzige Kick ist der Schmerz auf ihrer Zunge, wenn sie in eine Schote beißen, und dann noch mal am nächsten Morgen, wenn die Schärfe da vorbeischaut, wo der Kaiser zu Fuß hingeht. Das Selbstwertgefühl mancher Menschen korreliert mit der Schärfe des Essens, das sie ertragen können. Sag mir, wie scharf du isst, und ich sag dir, was für ein Arsch du bist.

Scheinwerfer vor Diskotheken

Haben die Scheinwerfer, die vor Diskotheken aufgebaut werden und in den nebligen Nachthimmel leuchten, überhaupt einen Namen? Wie wäre es mit Proletenanlocklampen?

Schicksal

Wegen akuten Auf-den-Sack-Gehens werden folgende Aussagen zu diesem Thema ab sofort und mit Androhung einer chakralen Verstümmelung verboten:

- »Irgendwie ist halt alles vorherbestimmt.«
- »Es hat alles auch sein Gutes.«
- »Es ist ja alles auch psychosomatisch.«
- »Seinem Schicksal kann man eben nicht entgehen.«

Horst Schlämmer

Horst Schlämmer ist das deutsche Pendant zu Borat. Während Borat versucht, den Kasachen die eigenartige amerikanische Kultur näherzubringen, führt Horst Schlämmer den Deutschen ihre eigene Dummheit vor Augen. Schlämmer ist stellvertretender Chefredakteur des *Grevenbroicher Tagblatts*, trägt einen beigen Trenchcoat, eine schwarze Herrenhandtasche und ein zuzahlungsfreies Kassengebiss. Die Ironie der Kunstfigur von Hape Kerkeling liegt darin, dass ausgerechnet diejenigen am lautesten über ihn lachen, die selber cremefarbene Trenchcoats, dunkelbraune Herrenhandtaschen und zuzahlungsfreie Fielmann-Brillen tragen.

Schlimme Buchtitel

Die Wanderhure
Die Möglichkeit einer Insel
Der Kindersammler
Der weiße Neger Wumbaba
Zusammen ist man weniger allein
Wenn du es eilig hast, gehe langsam
Arschgeweih – das wahre Lexikon der Gegenwart

Harald Schmidt

Jürgen von der Lippe analysierte anlässlich der 1000. »Harald-Schmidt-Show«: »Harald Schmidt ist gebenedeit unter den Entertainern, singulär, zu Lebzeiten unsterblich. Denn in wessen Rektum hätte je der *Spiegel* eine eigene, ständige Vertretung installiert!«

Schönheitsoperationen

Dicke Lippen waren gestern. Heute lässt die Frau von Welt die Spuren jahrzehntelanger sexueller Betriebsamkeit einfach wegretuschieren. Das war die überraschende Meldung aus der Beautychirurgie: Der Trend geht zur Unterleib-Kosmetik. Die moderne Dame will auch in der Leibesmitte mädchenhafte Züge tragen und lässt sich den Genitalsalat chirurgisch stutzen. Daneben steht die

Renovierung der von Manolo Blahnik-Pumps geplagten Zehen ganz oben auf der OP-Agenda. Im Zeitalter der Sandalen-Renaissance gelten schiefe Fußfinger als fürchterlicher Makel. Über den Augen lassen sich Society-Ladys von Rang Wimpern aus Kopfhaaren hintackern. Falten haben ohnehin nur noch Mittelklasse- und Prekariatsbräute. In der Brustfrage hat sich der Look der neuen Genügsamkeit durchgesetzt. Während die letzte Generation noch auf straußeneiergroße Implantate setzte, lassen sich viele Frauen heute nur noch Kinderfäustchen aus → Silikon einsetzen. Der Betrachter soll nicht ahnen, dass der Doktor nachgeholfen hat. Der Gott in Weiß orientiert sich wieder an der → Evolution.

Axel Schulz

Ein Vorbild. Ich habe schon für weniger als 1,5 Millionen Euro die Fresse poliert bekommen.

Schwammtechnik

Auch wieder so eine Flause, die einem die Deko-Style-Zeitschriften in den Kopf gesetzt haben: Jeder ist ein Innenausstatter. Das ist falsch. Ein Innenausstatter ist ein Innenausstatter. Der Rest der Menschheit soll sehen, dass er mit dem Schwamm von der Wand wegbleibt.

Schwangerschaftsgerüchte

Ein Foto im Bikini nach dem Mittagessen. Einmal unvorteilhaft eingeatmet oder ungünstig nach vorne gebeugt, wenn ein Fotograf in der Nähe war, und schon schreibt die Boulevardpresse: »SCHWANGER«. Caroline von Monaco etwa ist schon seit Jahren dauerschwanger. Erst jüngst berichtete die *Bunte* wieder aufgeregt, sogar »seriöse Gynäkologen« würden vermuten, Caroline sei im sechsten Monat schwanger. Ich hingegen glaube, dass »seriöse Gynäkologen« auf eine Schwangerschaftsdiagnose per Foto grundsätzlich verzichten.

Schwimmen mit Delphinen

Delphine sind wunderbare Tiere. So klug. So anmutig. So bemitleidenswert. Denn die armen Viecher werden in kleine Pools gesperrt, wo sie als Badezusatz für Erlebnisurlauber gehalten werden. Die zahlenden Delphin-Betatscher dürfen für ein paar Minuten das arme Tier umarmen (»Oh, das fühlt sich so wunderbar an, wie eine Guave in Olivenöl«) und mit dem dahinsiechenden Meeressäuger anschließend zusammen ein paar Runden schwimmen. Dabei fühlen sich die adipösen Delphinfreunde dem Meer, der Natur und den Flippern unglaublich verbunden. Viele glauben sogar, dass ihnen die Tümmler eine spirituelle Nachricht der Freundschaft übermitteln wollen, und schwärmen noch Jahre später vom intimen Salzwasser-Rendezvous.

Alle drei Monate sterben die Delphine an der Streichelfolter und werden eilig durch neue ersetzt. Da finde ich den Umgang der Japaner mit Delphinen wesentlich ehrlicher und aufrichtiger.

Second Life

Second Life ist eine digitale Welt im Internet, voller virtueller Leute, die fliegen können, nichtexistente Grundstücke kaufen und das Ganze mit sauer ersparter, echter, reeller, wahrer Kohle bezahlen. Krass, oder? Was man in dieser schönen neuen Welt sonst noch tun kann? Sich selbst neu erfinden (allerdings gibt es im Auswahlmenü für das zweite Ich nicht mal die Option Cellulitis oder Knubbelknie). Sonst ist nicht viel zu machen – außer mit anderen Leuten chatten. Um all diese gelangweilten Plaudertaschen für die Werbung abzugreifen, sind findige Firmen schon damit beschäftigt, Niederlassungen zu gründen. Das führt zu einer medialen Aufregung, als hätte jemand das Speiseeis erfunden. Reuters ist schon da, Adidas auch. Und die *Bild*-Zeitung, Sun, Reebok, Nissan, Pontiac, IBM, MTV, eine Hotelkette und einige Werbeagenturen. Ich würde mich nicht wundern, wenn irgendwo Kate Moss koksend durch die Gegend taumeln würde.

Die virtuelle Welt bietet aber auch die Möglichkeit, sich mit Geschäftspartnern online in Konferenzräumen zu treffen, und befreit uns möglicherweise irgendwann vom traurigen Anblick unserer Kollegen. Vielleicht ist Second Life unsere letzte Hoffnung, wenn die Erde untergeht, wonach es ja schwer aussieht. Dann könnten wir uns alle in wabenförmige Zellen unter der Erde verkriechen, Infusionen kriegen und auf einen Monitor stieren, auf dem unser Leben läuft. Also eigentlich wie Fernsehen im Wohnzimmer, nur irgendwie noch langweiliger.

Senden und Empfangen

Kennen Sie das auch? Sie müssen dringend eine Arbeit erledigen, die Ihnen auflauert und die Sie unendlich scheiße finden, von der Sie aber nur ein plötzlicher Tod entbinden könnte. Statt aber endlich damit anzufangen, öffnen Sie mal lieber Ihr Outlook. Bis zum »Zeitplan ausführen« bleiben aber noch quälende zwei Minuten. Und so drücken Sie auf »Senden/Empfangen«. Nix kommt. Was eine ungeheure Frechheit ist. Da stimmt was nicht! Am besten schickt man sich schnell eine Testmail. Und geht dann ununterbrochen auf »Senden/Empfangen« – um den genauen Zeitpunkt der Mail abzupassen.

Sexiest man alive

Bis George Clooney nicht gestorben ist, wird das wohl eine ziemlich langweilige Veranstaltung. Danach wird der Titel vermutlich umgeändert in »Sexiest dead man«.

Shoppen

Das Faszinierende am Shoppen sind für mich die Jungs, die unauffällig vor den Eingängen von H&M und Zara rumlungern. Sie lehnen gegenüber vom Eingang an der Wand, ein Bein nach hinten abgewinkelt, rauchen und vermeiden jeden Blickkontakt mit den anderen Pantoffelhelden. Man versteht sich.

Sich was gönnen

Das hat die Werbung sauber hingekriegt. Sobald es keinen vernünftigen Grund gibt, ein Produkt zu kaufen, zum Beispiel weil man es überhaupt nicht braucht, »gönnt« man sich eben etwas. Wenn man viel arbeitet und deswegen gestresst ist, tut man sich was Gutes und belohnt sich mit irgendwas, auch wenn das überhaupt nicht dazu führt, dass man weniger Stress in der Arbeit hat – mit einem überteuerten Shampoo zum Beispiel oder einer sauteuren Tasche.

Ich gönn mir gar nix mehr, ihr Werbesäcke! Und fühle mich trotzdem toll.

Florian Silbereisen
Schweigen ist Silber. Eisen ist Gold. Der neue Star im Stadl kommt so dermaßen geölt rüber, dass sich die ersten Kritiker sorgen, er entstamme womöglich einem gefälschten südkoreanischen Gen-Experiment. Ganz offensichtlich haben die Klon-Übeltäter die letzten Reste aus der Volksmutantenkiste zusammengerührt. Der Humor-Autismus von Karl Moik, die musikalische Ahnungslosigkeit von Stefan Mross, die Tantenhaftigkeit von Patrick Lindner kombiniert mit der Fönhaube von Hansi Hinterseer. Offensichtlich konnte das Musikanten-Dolly dann in einem unbeobachteten Moment aus dem Labor flüchten und sich im öffentlich-rechtlichen Fernsehen verstecken. Eine Gesundheitsgefährdung der Zuschauer kann nicht restlos ausgeschlossen werden. Zu Risiken und Nebenwirkungen befragen Sie bitte den Intendanten.

Silikon
Asche zu Asche. Staub zu Staub. Und was passiert mit den Silikontitten?

Simplify your Life
Der Grundsatz, Belastendes loszuwerden, um somit das Leben zu erleichtern, funktioniert einwandfrei. Das Nachsehen haben oft Lebensabschnittsgefährten, die sich plötzlich nebst Kleidersack, Wok, Nudelmaschine, einer Flasche Blue Curaçao und ihrer Schwiegermutter vor einem Rotkreuzcontainer wiederfinden.

Single-Männer, die kochen

Spinn ich oder sind alle Single-Männer plötzlich erklärte Kochfreunde? Das »Ich koch dir was« hat »Ich lad dich zum Essen ein« abgelöst. Was nicht in jedem Fall eine positive Entwicklung ist. Wohin ich mich auch wende, es wird gebrutzelt, was die WMF-Pfanne hergibt. Kochende Männer wollen den Frauen vorgaukeln, sie wären sensibel, kultiviert und kreativ, täten sich selbst gerne etwas Gutes – und halten sich mitnichten für einen armen Hampel, der bittebittebitte endlich mal wieder ficken will.

Sinnsucher-Urlaube

Ein erstaunliches Phänomen: Leute, die sich einen fünfwöchigen Luxusurlaub im besten Hotel von St. Tropez leisten könnten, fahren nicht in Urlaub, sondern besteigen den Kilimandscharo, um sich dort in einem windigen Zelt die Zehen abzufrieren und sich vor ihrem Führer ihres Geldes zu schämen. Oder sie »machen« den Jakobsweg. Latschen sich in fünf Wochen auf einem Feldweg die Socken durch und treffen dort auf Tausende Schwaben und Erfurter. Sie expedieren in die Antarktis, essen rohe Robben und gehen denen damit echt auf den Keks. Kurz, sie verbringen eine Zeitspanne an einem möglichst ungastlichen Ort, ringen dort mit beschissenem Wetter und fragwürdigem Essen, um nachts auf einer unbequemen Schlafstatt für ein paar Momente den Sinn des Lebens zu erahnen.

Skype

Über das Internet zu telefonieren ist eine prima Sache. Kostet fast nichts, dafür versteht man meistens auch nichts. Muss man unbedingt haben. Man telefoniert dann aber heimlich doch wieder übers Festnetz. Schon allein wegen dieser affigen Headsets.

Peter Sloterdijk

Ich hab das leider nicht ganz verstanden. Wie war das noch mal im Mittelteil?

SMS

Hirnforscher haben festgestellt, dass sich die Areale im Hirn, die für die Steuerung des Daumens zuständig sind, deutlich vergrößert haben. Der Grund: schnelles SMS-Tippen. Die Natur adaptiert sich eben sehr rasch an neue Anforderungen. Das ist ☺. Manche Teenager haben bereits verkümmerte Hände. Das ist ☹.

Problematischer sind die intellektuellen Auswirkungen: Die Generation Paris Hilton kann keinen Gedanken fassen, den man nicht auf 170 Zeichen zusammenfassen könnte – lol.

Hier ein typischer Brief eines gewöhnlichen deutschen Teenagers: »Hallo Vanessa. Ich bin mir nicht sicher, ob Leon mich noch liebt. Er schiebt jetzt mit Celine und Doro rum, bloß weil ich kein Intimpiercing habe. Gestern Abend habe ich mit Marlon rumgeknutscht. Aber ich war voll auf Liquid Ecstasy. Hoffentlich bin ich nicht schwanger von Luis. Ich werde heute noch einen Schwangerschaftstest machen. Kommst du heute Nacht auch in die Nachtgalerie? Liebe Grüße. Janine.«

Nur passt das alles nicht auf 170 Zeichen. Deshalb schreibt Janine: »Probs mit Leon. Er schiebt mit C + D rum. Nur wg no Intimp. Gestern Mundakro m. Marlon.

Voll auf LE. Evtl schwa von Luis. Heute noch Babe-Check. Du Nachtgalerie? LG. J.«

Telekom, wir brauchen dich. Hoffentlich kommt bald UMTS, bevor die Sprache engü. im A ist.

Sodaclub

Es gibt ein Buch namens *Freakonomics*, in dem ein amerikanischer Forscher sehr überraschende Zusammenhänge präsentiert. Der dramatische Rückgang von Jugendstraftaten in Amerika in den neunziger Jahren lag nicht etwa an der starken Polizeipräsenz, sondern an der Legalisierung von Abtreibung rund zwanzig Jahre zuvor. Ungewollte Kinder sind für die Mehrheit der Straftaten verantwortlich.

So weit, so interessant.

Nun würde mich interessieren, ob es einen Zusammenhang zwischen dem wahnsinnigen Erfolg der Sodaclub-Maschine und den Höchstständen der Scheidungsraten in Deutschland gibt. Die These: Die meisten Frauen mögen keine rülpsenden Männer. Der Sachverhalt: In Haushalten mit Sodaclub-Maschinen liegt die Rülps-Rate drei- bis achtmal so hoch wie in herkömmlichen Haushalten. Die Frauen verlassen die Männer aufgrund ihrer schlechten Manieren. Ich behaupte mal, dass Sodaclub-Maschinen der dritthäufigste Scheidungsgrund sind – hinter Untreue und weißen Herrenslippern.

Sofa-Kneipen

Diese schummrigen Kneipen mit den verlausten Polstersofas und Fransensesseln haben einen essentiellen Fehler. Die Sofas und Sessel stehen so weit auseinander, dass man selbst zu mehreren Personen in ein tiefes Kommunikationsloch fällt. »Ach, ist das gemütlich.« – »Wie bitte?« – »Waaaaaas?«

Soli-Weihnachtsgeschenke

Das hab ich ja dick. Da ist Vorweihnachtszeit und die ganzen Firmen, die einem eine Aufmerksamkeit schulden, schreiben Sachen wie: »Es ist sicher auch in Ihrem Interesse, wenn wir statt dessen einen somalischen Waisenbrunnen bezuschussen.«

Sondereditionen

Eine wunderbare Idee: Irgendeiner der Feuilleton-Cracks, die erst am späten Vormittag mit Samtschal in die Redaktion flanieren, soll auf die Schnelle eine Liste mit uralten, mittelmäßigen Schinken zusammentragen. Die Buchrechte müssen natürlich billig hergehen, aber das ist kein Problem, weil sich ohnehin keine Sau mehr für die alten Werke großer Meister interessiert. Durch einen geschickten Schachzug werden die Bücher nun einfach zu »den besten Büchern der Weltliteratur« hochgejazzt und als »handverlesen von unserem Feuilleton« verscherbelt.

Der Erfolg solch einer Aktion war bei der *SZ* immens: Vierzig mit farblich geschmackvollen Einbänden versehene Kamellen fanden sofort ihren Weg in die Bücherregale der deutschen Bildungsbürger. Das komplette Set brachte immerhin gut einen Meter in der heimischen Bibliothek und einen modernen Farbtupfer neben die angestaubten Klassiker. Gelesen hat das Zeug vermutlich keiner.

Andere Verlage waren natürlich sofort angefixt vom

Erfolg der *SZ*-Bibliothek. Auch *Frankfurter Allgemeine*, *Brigitte*, *Focus* und *Die Zeit* haben irgendwelche angegammelten Rechte von Krimis, Comics, Kinderbüchern und Lexika zusammengekauft und ihren Lesern aufgeschwatzt. Mittlerweile gehen langsam die Sujets aus und es steht zu befürchten, dass irgendein Blatt bald »Die besten Brottrunkrezepte der Welt aller Zeiten« herausbringt und die »Klassiker der Telefonbuchgeschichte« – im praktischen 48-Meter-Schuber.

Spam I
Re: Re: ViaGRA

Sehr geehrte Damen und Herren,

herzlichen Dank für das freundliche Angebot. Leider bin ich derzeit nicht an Potenzmitteln interessiert, weil ich mir ohnehin dreimal am Tag einen von der Palme wedeln muss, damit ich mich einigermaßen auf das Schreiben dieses Buches konzentrieren kann.

Mit besten Grüßen
O. Kuhn

Spam II
Re: Thanks

Waru:m:kann:im:mer_noch.:ke:in: Progr:mm_ die. bilig:enTricks: der_SPam-Arschlö... Und ihrer: ViagR: A-Post-Raus:filt_ern?

Speed Dating
Speed Dating heißt, dass man an einem Tisch ein paar Frauen bzw. Männer hintereinander trifft, alle aber nur

jeweils ein paar Minuten lang. Weil nach ein paar Minuten eh klar ist, ob man sich noch einmal treffen will oder lieber unter gar keinen Umständen jemals wieder. So gesehen mache ich schon mein ganzes Leben lang Speed Dating:

«Hey, du gefällst mir. Kommst du hier öfter her?«

»Lass mich in Ruh.«

Ich glaube, ich bin der schnellste Speed-Dater der Welt.

Speiseeis

Das mit dem Eis ist schwieriger geworden, im Gegensatz zu früher. Da heißt es erst einmal die 25 Sorten studieren, von denen man die Hälfte nicht mal aussprechen kann. Dafür liegt auf den Obsteissorten ein Stück Obst obendrauf. Ich vermute, das soll einem vorgaukeln, in dem Eis wäre auch nur ein Hauch des Obstes enthalten, das da oben draufliegt.

Mir gefällt diese Entwicklung nicht. Ich mag kein Trüffeleis mit Cappuccino-Guacamole. Ich mag auch kein Käsekuchen-Rosinen-Kirscheis. Ich will keine mazedonischen Bitterorangenhobel und kein Crunchy-Punchy von einem Speiseeis-Hersteller, der klingt wie ein Regal von → IKEA. Ich mag Vanille.

Sponsoren

Nachdem ich mir das WM-Spiel in der Allianz-Arena angeschaut habe, musste ich noch kurz ins Warsteiner-Klosett und habe mir bei der Gelegenheit mit dem offiziellen Klopapier des offiziellen Ausstatters der FIFA-Weltmeisterschaft 2006 den Hintern gewischt.

Sportveranstaltungen in der Innenstadt
Vor meiner Haustüre ist dreimal die Woche wegen irgendwelcher Sportveranstaltungen die Straße gesperrt. Na gut, nicht dreimal die Woche, aber oft. Entweder ist es ein Marathon oder es fahren eine Million Räder an mir vorbei oder Inlineskater. Meistens Inlineskater. Vor denen habe ich ein bisschen Angst. Ich wohne übrigens nicht, wie man vielleicht annehmen könnte, in einem Sportstadion. Ich wohne in der Innenstadt. Und die Frage ist doch, was ist wichtiger: das Freizeitvergnügen von fünftausend aggressiven Rasern oder das Leben von zwei Millionen friedlichen Menschen?

Stalker
»Am Anfang hat er mir nicht mal besonders gefallen. Aber als ich ihn dann in meinem Wandschrank gefunden habe, fand ich das schon irgendwie sehr süß ...« Haben Sie sich auch schon mal gefragt, ob in der Geschichte des Stalking mal jemand richtig erfolgreich war, also vom Stalker zum Groupie aufgestiegen ist? Oder ob die alten dicken Weiber wirklich gar nicht merken, dass sie keine Groupies sind, sondern schon längst Stalker?

Stayfriends
Leute, die man in der Schulzeit prima fand, mit denen bleibt man in Kontakt. Oft jahrelang. Oder für immer. Wenn man mit einigen Kameraden nicht in Kontakt geblieben ist, dann hat das auch seinen guten Grund, den man aber im Laufe der Jahre leider vergisst.

Dann macht man einmal den Fehler und meldet sich bei stayfriends an. Und da sind sie wieder: die Klugscheißer aus der ersten Reihe; die Loser mit Mittelscheitel; die deformierten Mauerblümchen; die frühbebrillten Prügelknaben.

Und man wird sie nie mehr los.

Steakhäuser

Das Steakhaus ist ein wunderbarer, beseelter Ort. Eine Kirche der Unvernunft. Die Dreifaltigkeit des Steakhauses besteht aus Fleisch, Kräuterbutter und Salatbüfett. Hier erlebten wir die besten Zeiten unseres Lebens: Als wir mit einem Teller ans Salatbüfett gehen und so viel stapeln durften, wie wir wollten oder konnten. Welch unglaublicher Exzess. Dazu Fleisch. Erstmals stand nicht die Sättigungsbeilage im Mittelpunkt unseres Lebens, sondern das Fleisch. Essen aus reiner Lust. Dazu eine herrliche Folienkartoffel mit Sauerrahmsoße und ein großes Stück fettiger Kräuterbutter. Mit dem Niedergang des Hedonismus der achtziger Jahre verloren auch die Steakhäuser an Bedeutung. Doch immer noch stehen die Kirchen offen für eine Reise zurück in eine Zeit, in der wir für ein Stück Kräuterbutter auf das ewige Leben verzichtet hätten.

Stehhilfen

Ah, endlich, nach stundenlangem Shoppen den geschwollenen Knöcheln eine Pause gönnen und sich ganz gemütlich im nächsten Café … so richtig schön an eine Stehhilfe lehnen …

Sternzeichen

»Was bist du eigentlich von (sic!) Sternzeichen?« Egal, was man daraufhin sagt, man wird immer nur ein nickendes Das-hab-ich-mir-gleich-gedacht-Lächeln sehen. Auch wenn der Fragende erst beim zehnten Mal richtig liegt. Innerlich wusste er es von Anfang an. Ist klar.

Aber ich glaube, wir passen nicht so gut zusammen.

Stomp

Eine wahnsinnig beeindruckende Show, sagen alle. Ich habe den Eindruck, das sagen vor allem Leute, die als Vergleich nur das Musical »Phantom der Oper« kennen. Was du kriegst, sind ein Haufen beknackter Typen in Verkleidung, die für 35 Euro Eintrittsgeld rhythmisch auf allem möglichen Zeug rumtrommeln.

Straßenmusiker

Im Idealfall sehen Straßenmusikanten aus wie Lenny Kravitz und spielen »Killing me softly«. Da kann man als Mädchen zugucken und träumen. Lenny hat vor sich einen Hut stehen, da kann man was reinschmeißen oder auch nicht, vielleicht hat er sogar eine CD zu verkaufen.

Unter Umständen ist es aber auch eine dreiköpfige Zigeunerband, die Hämorrhoiden der Straßenmusik. Die tauchen nämlich auch in Kneipen auf. Da ist man hin- und hergerissen. Soll ich einen Hauch von Interesse heucheln? Oder mit schlechtem Gewissen einfach weiterquatschen, während sich mittellose Künstler einen abfiedeln? Andererseits quält der Gedanke: Was zur Hölle ist das für eine Pest von Knallköpfen, die mich mit ihrem Getröte verfolgen? Ich kann ja nicht mal weg. Und dann noch mit dem Hut rumgehen und diesem Wer-nichts-gibt-ist-scheiße-Gesicht.

Und dann gibt es natürlich die singenden Lamadecken mit ihren Panflöten und bunten Kutten, die so erfolgreich sind, dass sie seit 1982 in Südkorea geklont und in jeder Fußgängerzone der Welt ausgesetzt werden.

Strelizien

Strelizien sind die Zuhälter unter den Blumen. Was soll man von jemandem halten, der einem eine Pflanze mitbringt, die aussieht wie ein explodierter Papageienkopf? Und die man wegen ihrer absurden Höhe nur in Altbauwohnungen aufrecht stellen kann? Als Schnittblumen noch eine vasenkompatible Größe hatten, gab es einen Farbkodex: Rot für Liebe, Gelbes, falls man um Vergebung bitten wollte, etc. Zu welcher Gelegenheit aber schenkt der Geneigte einem Strelizien? »Tut mir leid, dass dein Vogel gestorben ist«, »Herzlichen Glückwunsch zur neuen Frisur«, »Ich möchte mit dir Drogen nehmen«? Nein, meine Herren, so wird das nichts mit den Frauen. Schenkt ihnen lieber Gänseblümchen. Die, die an den Ansätzen ihrer schneeweißen Blütenblätter so leicht rosa gefärbt sind, so wie die weiße Kochwäsche, die wir aus Versehen mit den neuen roten Socken gewaschen haben. Das ist gewachsene Poesie.

Strunke an Tomaten und Clementinen

Es gab bestimmt mal eine Marktforschung, die ergeben hat, dass Frischobstkunden einen intensiven Tomaten-Kaufimpuls erhalten, wenn sich noch der Strunk an selbiger befindet. Weil so ein verdorrter Strunk ein unterbewusster Indikator dafür ist, dass die Tomate nicht in einem unpersönlichen holländischen Biolabor hochgepäppelt wurde, sondern in einem ungespritzten Tomatenfeld von einer ungeschickten Pflückerin abgeschnitten. Ich glaube da nicht dran. Ich will Tomaten und Clementinen kaufen und kein Grünzeug.

Sudoku

Sudoku ist nicht einfach nur ein Rätsel. Es ist mehr. Es ist ein Anker in den Wirren unseres Lebens. Wie sehr nervt uns der Alltag mit all dem Durchgewurstel, mit all den unbegrenzten Wahlmöglichkeiten. Bei Sudoku gibt es immer nur eine Lösung. Eine Zahl. Richtig oder falsch. Endlich Klarheit. Endlich ein Gesetz, nach dem alles strukturiert ist. Endlich Gebote und Regeln, die sich nicht jeden Tag verändern. Sudoku ist längst eine moderne Lebensreligion geworden. Es würde mich nicht wundern, wenn Sudoku das Christentum in den nächsten Jahren ablösen würde.

Supermarktblumen

Wer als Supermarktblume wiedergeboren wird, hat im letzten Leben alles falsch gemacht. Womöglich »Schni-schna-schnappi« komponiert oder einen Klingelton ersonnen. Die Supermarktblume ist die niederste Stufe des Daseins. Gepflückt in Holland, kein Sonnenlicht gesehen, bespritzt mit allen chemischen Giften, die die Genfer Konventionen erlauben, gekühlt im Dunklen transportiert, als Keim geerntet und dann einen Tag vor dem Verblühen einfach im Laden ausgesetzt. Wir sollten zu Weihnachten auch an die Supermarktblumen denken.

Sushi

»Das ist doch eh nur roher Fisch mit kaltem Reis.« Warum sagen Leute diesen Satz? Wenn sie kein Bier mögen, sagen sie doch auch nicht: »Das ist doch nur Hopfen, Malz und Wasser.« Es klingt immer ein bisschen wie ein Kind, das seine Schuhe noch nicht selbst zubinden kann und sagt, es bräuchte auch keine, Schuhe seien nämlich doof. Woher also dieser Rechtfertigungsdruck? Wahrscheinlich, um denjenigen ihr Missfallen zu bekunden, die zum Abendessen laden und einem nach dem Eintreffen erst mal eine Bambusmatte in die Hand drücken, damit man anschließend selbst Sushi rollt, das aussieht wie ein schlecht gebauter Joint. Warum gehen nicht einfach die, die Sushi wollen, zum Japaner, und wir reden über was anderes?

SUVs

Rätsel: Woran erkennt man, dass ein Mann ein kleiner, unsicherer, nervöser, midlife-kriselnder, unselbstbewusster, schüchterner, gehemmter, ängstlicher, verklemmter, verkrampfter, angespannter Erbärmling ist? Die Antwort hängt häufig mit einem Wüstenvolk zusammen oder mit einer Pfeffersorte. Nein, mal ehrlich: Das sind wirklich tolle Autos. Einziges Problem: Keiner mag dich.

Syndrome

Der Psychotrend des neuen Jahrtausends geht eindeutig zum Syndrom:

ADS (*Aufmerksamkeits-Defizit-Syndrom*): Kinder und Jugendliche, die sich nicht mehr konzentrieren können.

Stockholm-Syndrom: Entführte solidarisieren sich mit

ihren Entführern. (siehe → Susanne Osthoff).

Restless-Legs-Syndrom: Ruhelosigkeit, weil sich die Beine im Schlaf unkontrolliert bewegen.

SES (*Senden-Empfangen-Syndrom*): das zwanghafte Drücken der Senden/Empfangen-Funktion beim Mail-Programm.

GSS (*Gerhard-Schröder-Syndrom*): sich Niederlagen nicht eingestehen und sich zusätzlich noch um Kopf und Kragen reden.

BFS: bislang unerforschte psychische Störung, aufgrund derer Bäckerei-Fachverkäuferinnen immer das Brot neben dem greifen, das man eigentlich kaufen möchte. Vergleiche dazu KFS (*Käserei-Fachverkäuferinnen-Syndrom*) und WFS (*Wurst-Fachverkäuferinnen-Syndrom*).

AKS (*Aufzug-Komm-Syndrom*): der Glaube, dass der Lift schneller kommt, wenn man nur oft genug auf die Lift-Hol-Taste drückt.

DDS (*Daneben-Drück-Syndrom*): Hirnfehlfunktion, die dafür verantwortlich ist, dass man bei einem tastengesteuerten Auswahlmenü, wenn man kurz vor dem Ziel ist, doch die falsche Taste drückt.

NSTS (*Netzbegrüßungs-SMS-Trauer-Syndrom*): Enttäuschung, die sich einstellt, wenn man feststellt, dass sich die erhaltene → SMS nur als Begrüßung eines Netzbetreibers herausstellt.

PAS (*Passwort-Amnesie-Syndrom*): wenn man auf vielen Internet-Seiten angemeldet ist, sich aber an die Passwörter nicht mehr erinnern kann.

KMS (*Kate-Moss-Syndrom*): früh feststellen, dass man bei der Partnerwahl nicht optimal lag, aber nicht die richtigen Schlussfolgerungen ziehen. In Deutschland sehr verbreitet!

DGS (*Dativ-Genitiv-Syndrom*): Irrglaube, man könne in Angelegenheiten der Rechtschreibung und Grammatik mitreden, bloß weil man ein Buch von Bastian Sick gelesen hat.

SHS (*Saddam-Hussein-Syndrom*): Erkenntnis, dass die besten Tage im Leben irgendwie vorbei sind und auch das Leben selbst nicht ewig währt.

SÄS (*Speisen-Änderungs-Syndrom*): nervige Angewohnheit, die Speisen im Restaurant immer anders zu bestellen, als sie auf der Speisekarte stehen.

ZBS (*Zum-Bleistift-Syndrom*): zwanghaftes Wiederholen von grauenhaften, uralten Wortspielen.

Sylt-Autoaufkleber

Sylt ist eine Insel hinten am Auto. Da klebt Sylt, weil man Sylt nicht einfach nur mag, sondern geradezu liebt. Wer hat schon einen Aufkleber einer anderen deutschen Insel (Rügen, Helgoland, Mallorca) auf der Stoßstange kleben? Niemand. Was will uns der Sylt-Aufkleber also sagen?

Anhand von Jägermeister-Aufklebern und den Kreuzen am Straßenrand lässt sich die örtliche Proletendichte einfach hochrechnen. Und ein Fisch bedeutet nicht, dass der Fahrer gerne angelt, sondern lässt auf einen bräsigen Christen schließen. Ein Sylt-Aufkleber hingegen bezeugt, dass der Wagenbesitzer eine gewöhnliche Möchtegern-Adabei-Witzfigur ist, die halt mal auf Sylt war.

T

T9-Verschreiber

T9 ist ein Hilfsprogramm der meisten Mobiltelefone, das beim schnellen Tippen von SMSen helfen soll. Leider sorgt es auch für einige Verwirrung:

Sie schreibt:

»Ich hole mir noch Bier und dann komme ich kuscheln. 1000 Küsse. Anja«

Was bei mir ankommt:

»Ich hole mir noch Aids und dann komme ich juracheln. 1000 Kurse. Cola«

Tag des … und Jahr des …

Lieber Kofi! Hast du noch die Themen für die Gedenktage der Vereinten Nationen ausgesucht? Oder wer war das? Da sind natürlich ausschließlich sehr ehrwürdige und wichtige Tage und Jahre dabei. Aber auch: Das Jahr der Kartoffel?

Unvollständigkeitshalber finden Sie hier eine Auswahl der offiziellen UN-Feiertage und -jahre nebst sinnvollen Ergänzungsvorschlägen:

- 8. und 9. Mai: Tage des Gedenkens und der Versöhnung (*des Kuschelns und des Sich-gegenseitig-dufte-Findens*)
- 5. Juni: Weltumwelttag (*und Weltumwelt-und-Umwelt-herum-Tag*)

- 17. Juni: Welttag für die Bekämpfung von Wüstenbildung und Dürre (*Gießkannen gibt's von 8–14 Uhr. Kamelreiten für Kinder*)
- 11. Juli: Weltbevölkerungstag (*12. Juli: Welttag der Pille danach*)
- 8. September: Weltalphabetisierungstag (*von 8–10 die Buchstaben A–L, von 10–12 M–T …*)
- 1. Oktober: Internationaler Tag der älteren Menschen (*mit anschließender Verkaufsveranstaltung*)
- 16. November: Internationaler Tag der Toleranz (*kann aber auch am 15. oder 17. November sein*)
- 9. Dezember: Internationaler Tag gegen die Korruption (*Karten im Vorverkauf oder bei www.siemens.de*)

Internationale Jahre:

- 2008: Internationales Jahr der Kartoffel (*2009: Internationales Jahr gegen den Reis*)
- 2006: Internationales Jahr der Wüsten und der Wüstenbildung (*und der Wüstchenbuden*)
- 2005: Internationales Jahr der Physik (*2006: Internationales Jahr zur Versöhnung mit der beleidigten Chemie aus dem Vorjahr*)

Tätowierungen weglasern

Alte Tätowierungen zu entfernen finde ich ganz schade. So uncool die Woodstocks, Delphine, Snoopys, Rosen und Einhörner auch sein mögen – wer sich seine alten Weggefährten durch ein chinesisches, buddhistisches, indisches, keltisches Gewusel weglasern lässt, bewertet Coolness im Verhältnis zu Treue und Humor eindeutig über.

Teakholz-Gartenmöbel
Teakholz-Möbel sind nicht stapelbar, was eine wirklich ungünstige Eigenschaft ist bei Gartenmöbeln. Abgesehen davon hat man zwei Zentimeter breite Rillenabdrücke auf der Haut, wenn man keine Polsterung auf die Sitzflächen legt. Und Polsterung auf Gartenmöbeln sieht leider immer altbacken aus. Im Gegensatz zu Plastikstühlen wiegen sie auch noch beträchtlich mehr. Oh, und sie gehen leichter kaputt und von der dunklen Farbe, mit der sie eingelassen sind, bekomme ich Ausschlag. Insofern waren meine Erklärungen recht dürftig, als mich ein Freund aus Italien fragte, was für beknackte Gartenmöbel ich denn da hätte.

Teckie-Slang
Trafen sich ein Geek und ein Propeller Head. Sagt der eine: »Bei uns im Büro ist so ein dämlicher Dweeb, der alte Lamer saugt unser Fileshare leer. Da habe ich dem Newbie-Dork mal amtlich die Festplatte defragmentiert.« Sagt der andere: »Du bist halt schon ends der Nerd.«

Telefon-Service-Hotlines
Auf jeder Zahnpastatube steht eine Telefonnummer, an deren Leitungsende jemand sitzt, der mit einem sprechen muss, falls man möchte. Ein kostenloses Freizeitangebot, das man gerade in Zeiten der wirtschaftlichen Rezession nutzen sollte. Vielleicht auch eine Idee für Kinder, die für den Elterngeschmack ein bisschen zu früh am Tag aktiv werden. Hier ein paar tolle Fragen:
- »Wie kommt die Zahnpasta in die Tube?«
- »Wofür wird Zahnpasta verwendet?«
- »Darf man Zahnpasta auch essen?«

Telekom-Melodie

Diiidiiiidiiiididiii. Fünf Töne des Schreckens. Kein Deutscher kann diese fünf Töne hören, ohne an das magentarote Grauen zu denken. Mich erinnert das immer an meine Telekom-Aktien, die ich mir irgendwann im Börsenrausch zugelegt habe, als sie noch das Zehnfache gekostet haben. Diiidiiiidiiiididiii ist die Hymne meines Versagens.

Telenovela

Es gibt Sachen, die findet man nervig, ohne sie überhaupt gesehen zu haben. Ich brauche mir keine Sendung mit Jürgen Fliege oder Reinhold Beckmann anzuschauen, um zu wissen, dass mir die Jungs tierisch auf den Keks gehen. Ich weiß auch nicht viel über Telenovelas – außer, dass es sich dabei offenbar um Serien handelt, die noch beschissener sind als herkömmliche Serien. Allerdings habe ich nicht die leiseste Ahnung, wie das überhaupt gehen soll.

Können Schauspieler noch armseliger sein als die grobmotorischen Schönlinge von »Unter uns« oder »Gute Zeiten – schlechte Zeiten«? Kann eine Serie noch liebloser zusammengeschnipselt sein als »Marienhof«? Kann ein Mensch auf Erden einen noch unglaubwürdigeren, noch unplausibleren, noch mehr an den Haaren herbeigezogenen, noch schwachsinnigeren Plot ersinnen als »Lindenstraße«? Würde mich schon mal interessieren, so eine Telenovela.

Terrorexperten

Terroranschlag, irgendwo. CNN ist wie immer als Erster vor Ort. Man weiß aber noch nix Genaues. Vielleicht war's Osama? Könnte aber auch nur ein alter Güllecontainer explodiert sein. Das ist der große Moment für Udo Ulfkotte, Elmar Theveßen & Co. – unsere Terrorexperten. Die haben immer einen fertig gepackten Koffer neben dem Schreibtisch stehen, damit sie sofort losfahren können ins Fernsehstudio, wenn's wieder irgendwo kracht. Sagen wir mal, es sind ein paar Bömbchen im Londoner Untergrund explodiert oder in einem Flughafen entdeckt worden. Jeder Sender, der was auf sich hält, ist live dabei und will natürlich wissen: War's Osama? Oder doch nur Provinzterroristen? Was bedeutet das für die Zukunft? Wird George W. Bush nun endgültig durchdrehen?

Nur gibt es leider sehr wenige Informationen. Gerade hat ein spröder Regierungssprecher verkündet, alle seien »betroffen« und würden »mit angemessener Härte« reagieren und den Fall »umfassend« aufklären. Der → Bundespräsident telegrafiert eilig, er sei »erschüttert«, würde »mitfühlen«, die »demokratischen Staaten« müssten »Seite an Seite stehen«. Die Korrespondenten stehen mit windzerzaustem Haar und verkaterten Gesichtern auf irgendwelchen Dächern herum und plärren aufgeregt, wie »chaotisch die Verhältnisse« seien. Die Sondersendung dauert aber noch 55 Minuten, obwohl die paar Bilder in drei Minuten versendet sind. Also stellt der Moderator den Terrorexperten die Frage aller Terror-Fragen: »Wer steckt dahinter?«

Der Terrorexperte, der natürlich nicht den leisesten Schimmer hat, vielleicht sogar noch weniger als wir, weil er gerade beim Schminken saß, als die Nachrichten liefen, antwortet: »Das ist eine sehr wichtige Frage. Das gilt es jetzt umgehend aufzuklären.« Also erst mal auf die Unlösbarkeit der Frage und die Komplexität der Lage hinweisen. Dann die Bedeutung der Aufklärung preisen und vorher unbedingt noch anmahnen, dass man alles jetzt nur »unter Vorbehalt« beurteilen könne. Dann kommt ein Einspieler und der Terrorexperte wird nachgeschminkt.

Jetzt sind es nur noch 43 Minuten. Der Terrorexperte kommt zur Analyse: »Das waren bestimmt Freizeitfundis aus der Nachbarschaft, die nicht mal eine ordentliche Bombe bauen können.« Aber das ist nicht der Duktus des Terrorexperten – der hat immer ein paar Fremdwörter parat: »Das soziodemographische Umfeld des systemimmanenten Terrorfundaments zeigt sich in einer modularen Struktur, deren Zellen nach außen eigenständig organisiert sind. Ergo fand die umfassende Bereitschaft zur Radikalisierung unterhalb des Radars der Geheimdienste statt.« Aha! Deshalb ham mir nix davon gewusst. Schließlich packt der Experte verblüffende Detailanalysen aus: »Es kann keine hundertprozentige Sicherheit in Flugzeugen gewährleistet werden.« – »Die Terroristen sind radikalisiert.« – »Noch ist nicht alles aufgeklärt.« – »Vielleicht steht die große Attacke noch bevor.« – »Der Irakkrieg führt zu einer Verschärfung der Fronten.« – »Der Konflikt wird die zentrale Auseinandersetzung der nächsten Jahrzehnte sein.« Eben Sachen, die jeder nichtdebile Zuschauer längst weiß.

Dann werden die Terrorexperten abgeschminkt und dürfen wieder nach Hause.

Tittenpannen

Häufig flutscht einem Luder bei einer Kinopremiere oder Promi-Party genau in dem Moment, wenn der Fotograf die Linse auf sie gerichtet hat, versehentlich eine Brust aus dem Ausschnitt. Ein Nippelgate nach dem anderen.

Bei der Lektüre dieser Berichte musste ich immer wieder feststellen, dass ich noch nie mit einer Frau aus war, der plötzlich versehentlich die Möpse aus dem Dekolleté rutschten. Auch konnte mir keine Frau davon berichten, dass ihr im Alltag regelmäßig die Hupen aus der Bluse flutschen. So gesehen scheint dieses Problem in der Boulevardpresse gewissermaßen überrepräsentiert zu sein.

Toilettenfrauen

Toilettenfrauen und Toilettenmänner (der Einfachheit halber nennen wir sie Klofrauen) haben ein ganz grundsätzliches Problem. Wenn sie arbeiten, also die Toiletten putzen oder frisches Klopapier einlegen, passt niemand auf ihr Tellerchen auf, das sie vor der Toilette in guter Lage positioniert haben. Denn der gemeine Toilettenbenutzer drückt nur eine Münze ab, wenn die Klofrau mit vorwurfsvollem Blick am Teller wacht. Jeder kennt das schlechte Gewissen, wenn man an einer Klofrau vorbeigeht, ohne etwas hinzulegen.

Die Klofrau verdient also mehr Geld, wenn sie am Teller aufpasst, als wenn sie arbeitet. Dieses Klofrau-Paradoxon ist faszinierend, denn es ist ein Sinnbild für unser Sozialsystem. Arbeit lohnt sich nicht. Unser soziales Netz provoziert die Tellerchenmentalität. Unsere Gesellschaft generiert Klofrauen.

Deutschland funktioniert wie ein Scheißhaus. Die eine Hälfte legt viel aufs Tellerchen und findet dennoch beschissene Verhältnisse vor. Die andere Hälfte legt nichts aufs Tellerchen und findet genau dieselben Bedingungen vor. Die Verantwortlichen kassieren und leben davon, dass sich nichts am System verändert.

Toilettenumpüschelung
Es gibt Dinge, da nervt es, dass sie verschwunden sind. Kann sich noch jemand an die wunderbar kuscheligen Klo-Umpüschelungen erinnern, die es nur in den Farben Mauve, Indigo, Apricot, Flieder, Ginster, Cappuccino und Bleu gab? Die sind bestimmt diesem Sauberkeitswahn zum Opfer gefallen. Bloß weil die Dinger nach Urin gestunken haben. So eine Umpüschelung kann locker fünf Liter davon aufnehmen, ohne dass es obenrum überhaupt feucht aussieht.

Tokio Hotel
Manche deutschen Mädchen möchten offenbar unbedingt die Intimwürstchen der Magdeburger Zwillinge Bill und Tom begutachten. Auf den Konzerten von Tokio Hotel heben weibliche Fans häufig Plakate mit Aufschriften wie: »Wir wollen eure Schwänze sehen.« Bill, der metrosexuelle Kajalstift-Harlekin, die Strelizie unter den Sängern, macht auf Boy George für Kinder. Sein ungekämmter Bruder Tom bedient die pubertierenden Gören, die nicht auf Mädchen stehen. Die zehn- bis vierzehnjährigen Teenie-Tussis gelten als besonders schmerz- und geschmacksresistente Zielgruppe. Viele Jahre lang wagte sich nur der Hippieclan Kelly Family an die eitrige Generation Clearasil. Mittlerweile wird der Markt komplett von Tokio Hotel beherrscht. Sie haben über 600 000 Alben verkauft, dreimal Platin gewonnen und gelten als die deutschen Beatles. Wenn die hormongebeutelten Jungweiber gerade nicht von Popstar-Pimmeln träumen, dann phantasieren sie von → Arschgeweihen, → Zungenpiercings oder anderen Formen der Selbstverstümmelung, die ihre Eltern in die Verzweiflung

treiben. Im Vergleich dazu ist Tokio Hotel noch ein halbwegs akzeptables Übel.

Tourette-Syndrom

Arschloch. Penner, Wichser. Verpiss dich. Hau ab. Scheiße. Leck mich. Bieg halt endlich ab, du Schlaftablette. Fahr zu! Das Tourette-Syndrom ist eine neuropsychiatrische Erkrankung, die häufig einhergeht mit dem zwanghaften Wiederholen von vulgären Ausdrücken aus der Fäkalsprache. Besonders häufig sind diese Symptome bei älteren Herren am Steuer großer BMW- und Mercedes-Limousinen anzutreffen. Ob es sich dabei um eine zwanghafte Trend-Erkrankung oder um gewöhnliche Aggression am Steuer handelt, muss im Einzelfall geprüft werden.

Transparente BH-Träger

sind alles, nur nicht unsichtbar. Sie machen bloß klar, dass die Trägerin:

a) ihren Busen anheben möchte,

b) nicht will, dass dieses bemerkt wird, und

c) davon ausgeht, dass niemand die zwei Zentimeter breiten Plastikbänder bemerkt, unter denen die Haut aussieht wie Presswurst in Haushaltsfolie.

Trendsetter

Der Trend geht weg vom Setter. Auch der Chihuahua konnte sich hierzulande nie so richtig durchsetzen, da sind wir Deutschen nicht der Typ für. Die großen Abräumer derzeit sind französische Bulldoggen in Schwarzweiß für die Individualisten. Der Labrador wird einem bei der Geburt des ersten Kindes gleich vom Krankenhaus mitgeliefert. Die besserverdienenden Herren mit den Barbour-Jacken führen den Weimaraner aus. Aufrichtige Liebe zum Tier unterstelle ich nur noch Leuten, die Hunde besitzen, die als Markenzeichen völlig ungeeignet sind. Einem Punk mit einem Cockerspaniel, zum Beispiel.

Treueherzen

Wenn der Saftsack vor mir an der Kasse endlich seine 9,71 € mit EC-Karte bezahlt und anschließend auch noch seine Payback-Karte gezückt hat mit einer Coolness, als sei er Mitglied im Rotary Club, wenn er sich also endlich zum Gehen wegdreht – dann hat die Herrin der Kasse ihren Auftritt: »Sammeln Sie Treueherzen?« – »Aber gerne, so viel Zeit muss sein.«

Tsunami

Der Tsunami war eigentlich gar kein richtiger Trend – dafür war er viel zu schnell vorbei.

Spencer Tunick

Dass der immer überall seine Nackerten rumliegen lassen muss. Nackte auf der Straße, Nackte auf dem Schiff, Nackte auf dem Marktplatz, Nackte am Strand. Aber so ist das halt, jedes Jahr gibt es einmal Weihnachten, einmal Frühling, ein neues weißes Haar und eine Installation von Spencer Tunick mit anschließender Diskussion »Ist das noch Kunst?«.

Es wird vermutet, dass diese Diskussion seit ihrer Erstaufführung routinemäßig rausgekramt und abgedruckt wird, wenn es wieder so weit ist. »Hey, der Spencer macht wieder was! Wo haben wir noch gleich den Entrüstungsartikel?«

U

Ü-30-Partys

Es erinnert ein bisschen an die Titanic, wo das Orchester beim Untergang für die Todgeweihten noch weitergespielt hat. Die Passagiere der Ersten Klasse sind längst mit den Rettungsbooten in Sicherheit. Die Übriggebliebenen prügeln sich um die wenigen Restplätze. Manche ahnen schon, dass das Leben für sie vorbei ist.

Keiner weiß, woran das Ganze letztlich gescheitert ist. Es ist nur die Spitze des Eisberges zu sehen. Aber klar ist, dass der größte Teil des Problems unter der Oberfläche verborgen liegt.

Wie die Zeit vergeht. Ist es wirklich schon vorbei? Erstaunlich, wie schnell so ein wunderbares Schiff untergeht.

Umfragen

Flirtumfragen haben ergeben, dass 84 Prozent der Bundesbürger im Urlaub flirten und 77 Prozent beim Ausgehen oder auf einer privaten → Party. Ist ja irre! Ich hätte auf Führungen durch die Kanalisation oder knisternde Erotik beim Mähdreschen getippt. Wer bezahlt eigentlich solche Umfragen?

Umgebundene Po-Verdeck-Pullover
Eine Frau muss zu ihrem Hintern stehen. Ganz egal, wie er aussieht.

Unglücks- und Promigeburts-Orte
Du kommst aus ...? War da nicht mal ...? Kommt da nicht auch der ... her?

Orte, die ihre Unschuld für immer und ewig verloren haben:

Emsdetten
Banda Aceh
Hoyerswerda
Eschede
Gladbeck
Beslan
Überlingen
Falludscha
Erfurt
Ramstein
Delmenhorst (sehr schön: »die Delmenhorsterin«)
Brühl
Leimen
Herzogenaurach
Eggenfelden (das Falludscha der Popmusik)

Unterschicht
Das Leben in der sozialen Hängematte ist gemütlich: Hartz IV kassieren plus Mietzuschuss plus bisschen dealen plus schwarzarbeiten plus rumtricksen minus Kürzung, weil man beim Spargelernten krankgemacht hat. Dafür darf man den ganzen Tag daheimsitzen und in

den → Plasmafernseher blicken und sich die Dreifaltigkeit aus → Florian Silbereisen, Aldi-Bier und *Bild*-Zeitung reinpfeifen.

Jetzt gab es in Deutschlands Feuilletons die Debatte, ob das Prekariat bzw. die bildungsfernen Schichten überhaupt Resozialisierungschancen besitzen. Das ist den Prolos, Faulenzern und Gammlern natürlich Wurst, weil die nicht mal wissen, dass mit Prekariat sie gemeint sind, und ohnehin kein Feuilleton lesen. So gesehen ging die Unterschichtendebatte der Unterschicht ziemlich am Arsch vorbei.

Unverständliche Werbung

Kann mir mal jemand die Mazda-Werbung mit der dunklen Disko und den Fledermäusen erklären? Oder die Opel-Werbung mit den Puppen? Oder den Ford-Film mit dem Wachmann, der ausrutscht und die Alarmanlage auslöst? Kann es sein, dass mancher Werbefuzzi schon tierisch einen im Tee oder in der Nase hat, wenn er so einen Spot erfindet?

Unwort des Jahres

Das ist typisch deutsch. Welches andere Land auf der Welt würde jedes Jahr blöde Worte wählen? Die Wahl zum Unwort des Jahres ist der organisierte Aufschrei gegenüber verbaler politischer Unkorrektness.

Hier einige Unwörter aus den letzten Jahren:

- »Personalentsorgung« (beschönigend für Entlassungen, vgl. auch »Freisetzungen«, »sozialverträglicher Stellenabbau«, »Outsourcing«)
- »Kollektiver Freizeitpark« (dieser Verbaldurchfall ist

im Grunde das Einzige, was uns von Helmut Kohl geblieben ist)
- »Dunkeldeutschland« (Synonym für den kollektiven Freizeitpark drüben)
- »Kollateralschaden« (für Unschuldige, die bei Bombenangriffen getötet werden)
- »Dreck weg!« (Kampagne der Darmstädter CDU gegen missliebige Menschen)
- »Wohlstandsmüll« (für arbeitsunwillige Personen)
- »Ausreisezentrum« (Behördenausdruck für das Abschiebelager abgelehnter Asylbewerber)
- »Tätervolk« (verfälschend für die Juden)
- »Langlebigkeitsrisiko« (Fachterminus für das Versicherungsrisiko, das dadurch entsteht, dass Versicherte länger leben als kalkuliert)

Hiermit möchten wir uns mit folgenden Wörtern für die nächste Wahl des Unwortes des Jahres bewerben:
- »Kollateralfick« (für Tätigkeiten, denen Betriebsräte während der Arbeitszeit nachgehen, die aber nichts mit ihrer unmittelbaren Tätigkeit zu tun haben)
- »Rentenersparnis-Phase« (die Zeit nach dem Tod)
- »Opfervolk« (verfälschend für die Deutschen)
- »Wohlstandsmüll-Recyclinganlage« (für Arbeitsamt)
- »Personalentsorgung« (beschönigend für Abtreibung, auch »magenverträglicher Embryonalabbau« oder »Outsourcing«)
- »Arschgeweihnacht« (die Nacht, in der das Arschgeweih uncool wurde)
- »Arschbomben-WM« (für die Bundestagswahl 2010)

USB
Wissen Sie wofür das U bei USB steht? Genau, für »universell«. Und nicht für »unglaubliche Sauerei« , wie man vielleicht vermuten möchte. Mit »universell« haben die Erfinder dieses Anschlusses anscheinend leider nur eine Seite gemeint, nämlich die, die man an den Computer anschließt. Die andere Seite, also der Stecker, der an die Digitalkamera, den MP3-Player, das Handy oder ein Navi angesteckt wird, lief wohl eher unter dem Motto ›Es lebe die Vielfalt‹. Ich kann mir das gut vorstellen, wie ein paar weißhaarige Erfinder mit ihren Lötzangen auf den Tischen tanzen, weil sie schon wieder eine neue Form für einen Mikro-Stecker erfunden haben, die es vorher noch nicht gab.

Laut einer Berechnung von Arschgeweih-Mathematikern entspricht die Länge aller im Urlaubsgepäck mitgeführten USB-Kabel dem 150-fachen Erdumfang. Das muss man sich mal reinziehen.

Uschi Glas Hautnah
Uschi Glas hat in einem deutschen Shoppingsender Werbung für ihre eigene Kosmetikserie gemacht. Das fand ich schon eigenartig. Denn Uschi Glas ist als Testimonial für Antifaltencremes ungefähr so glaubwürdig wie → Ottfried Fischer für Diätmargarine oder Michael Schumacher für Elektroroller. Warum nicht gleich Keith Richards? Die Leute haben Uschis Cremes dennoch gekauft, bis *Stiftung Warentest* festgestellt hat, dass man davon Ausschläge und Pickel bekommt und damit nach ein paar Wochen vielleicht sogar aussieht wie Uschi Glas.

V

Verkaufssendungen

Irgendwo muss es einen Ort geben, an dem diese ganzen aufblasbaren Gästebetten, Total-Gym-Geräte und Messersets aus den Verkaufssendungen landen! Allem Anschein nach werden die ja verkauft wie nix. Ich habe aber noch nie von jemandem gehört, der sich so etwas bestellt hätte. Ich kenne nicht mal jemanden, der jemanden kennt, der von jemandem gehört hätte, der sich so was bestellt hätte.

Wer kauft die Sachen also? Existieren sie überhaupt? Oder sind die Sendungen verschlüsselte Nachrichten von Außerirdischen?

Verschleierte Frauen

Verschleierung ist ja nicht grundsätzlich was Schlechtes. Es kommt immer auf die Frau an. Bei manchen Frauen bietet sich die Verschleierung mehr an, bei anderen weniger. Mein einziger Einwand: Man sollte das nicht von der Religion abhängig machen.

Virale Erkrankungen

SARS kann einem wirklich leidtun. Da ist es jahrelang die Trend-Erkrankung schlechthin, mit toller Medien-Coverage weltweit. Ganz Asien trägt Mundschutz. Und dann kommt die blöde → Vogelgrippe und klaut den ganzen Ruhm. Das ist bitter.

Klar, SARS ist als Krankheit einfach nicht mehr auf dem neuesten Stand. Man muss sich ziemlich anstrengen, um sich überhaupt anzustecken. Und 90 Prozent derjenigen, die das schaffen, überleben. Die globale Verbreitung ist nie wirklich gelungen.

Schlechter noch ergeht es der großen alten Dame der Viruserkrankungen HIV. Um sich mit Aids anzustecken, muss man ja so blöd sein, Sex mit einem anderen Menschen zu haben. Ungeschützt. Am besten, wenn beide im Unterleib bluten. Und dann kann es Jahre dauern, bis die Krankheit ausbricht – falls überhaupt. Sterben tun ohnehin nur noch die Afrikaner. Unter Seuchenaspekten ist Aids ein lausiges Konzept. Aber HIV ist eine starke Marke – die Coca-Cola unter den Viren. Gerade bei schwachen Märkten setzen sich fast immer die globalen Oligarchen durch.

Fragt sich nur, wie lange noch. Denn in Afrika lauert der Shootingstar der todbringenden Leiden: Ebola. Tolle Positionierung als echte Horrorerkrankung. Während HIV die Leute ja nicht mal selber umbringt, sondern nur so lange schwächt, bis eine andere, hundsgewöhnliche Erkrankung die Patienten dahinrafft, hat Ebola diese Kernkompetenz nicht outgesourct. Da wird noch selber gemeuchelt. Erst gerinnt das Blut, dann kollabiert die Leber. 90 Prozent der Erkrankten sterben. Die Toten befinden sich in einem bemitleidenswerten Zustand, etwa wie angefahrene Tiere am Straßenrand. Und zwar schon nach zehn Tagen, während HIV oft mehr als zehn Jahre benötigt, um etwas Spürbares zu bewirken. In Sachen Effektivität verhält sich HIV zu Ebola also wie DaimlerChrysler zu Toyota.

Freilich weiß niemand, wie sich der Markt in Zukunft entwickelt. Viren sind extrem agil. Da ist es nicht ganz einfach, Prognosen zu erstellen. Aber ich glaube, die Bedeutung der Globalisierung wird weiter zunehmen. Mobilität ist gerade für Seuchen das A und O.

Vogelgrippe

Diese fürchterlichen Fernsehbilder – der Schrecken kommt immer näher. Tag für Tag. Totes Federvieh in Hongkong. Dahingeraffte Glucken in Vietnam. Verendete Hühner in Istanbul. Und dann schließlich die Hiobsbotschaft: ein verschnupfter Schwan auf Rügen.

Was tun? Es hilft nur noch die Evakuierung. Paramilitärische Autowaschtrupps marodieren an Ausfallstraßen und spritzen die Vogelgrippe von Kompaktklasselimousinen, die womöglich in Kontakt mit den Schwänen geraten sind. Gleichzeitig versucht sich die Bevölkerung zu schützen und kauft große Mengen des Grippemittels Tamiflu.

Das ist ein Medikament, das vielleicht gegen die Krankheit wirkt. Aber man weiß es nicht. Das Grippemittel mildert die Angst vor dem Grauen der Zukunft. Streng genommen erinnert das Konzept von Tamiflu also an das der katholischen Kirche.

Ich fühle mich trotzdem besser. Es gibt Hoffnung auf Rettung, denn das Thema ist aus den Medien verschwunden. Schwan drüber.

W

Wanderer, die grüßen

Das Schlechte am Wandern sind die anderen Wanderer. Besonders die, die einem entgegenkommen. Da spaziert man an einem sonnigen Tag durch die blühende Landschaft, Butterblumen, Berge, Bach, alles da und in der Ferne sieht man ihn kommen. Er ist besser ausgerüstet als wir, er hat sogar ein Hütchen auf und einen Stock dabei. Es wird unvermeidbar zu der Situation kommen, dass er an uns vorüber geht. Und nun stecken wir in der Falle. Ist er ein Eingeborener? Grüsst man ihn mit einem verständnisvollen Nicken? Gibt es einen gültigen Wanderergruß? »Berg Heil« oder so was? Versucht man etwas regional Eingefärbtes? Aber wie blöd ist das denn, wenn zwei, sagen wir: Hamburger, sich mit einem gequetschten »Griass di God« grüßen. Schließlich wartet man einfach ab, was der andere sagt. Ein paar Meter sind es noch. Man nimmt Blickkontakt auf, der andere lächelt und sagt »Hallo«. Mit »Hallo« hat man nicht gerechnet und man brummelt nur irgendwas in sich hinein, weil man auf die Schnelle nichts anderes rausbekommt. Der muss ja denken, wir haben sie nicht mehr alle. Und da vorn kommt schon der Nächste. Himmel, wandern ist so anstrengend.

WAP

Kann sich noch jemand erinnern? Internet per Handy mit modernster WAP-Technologie. Ich war natürlich mittendrin und nicht nur dabei. Ich surfte und surfte und surfte. WAP ist jetzt nicht so wahnsinnig schnell. Da kann man auch mal drei Stunden warten und es passiert gar nix. Dachte ich zumindest. Es tut sich nämlich doch was. Nämlich irgendwo im fernen Abrechnungscomputer der Telekom. Da läppern sich schnell mal ein paar Hundert Euro zusammen. Surfen mit WAP ist wie Wellenreiten im Badesee: Es ist schön, man wird nass und so, nur die Wellen fehlen.

Wasser auf dem Mars

Die Raumfahrt wurde meinem Anspruch an gute Unterhaltung bis jetzt nur selten gerecht. Immer wieder sah ich Astronauten in ihren Anzügen fröhlich schwerelos in einer Kapsel rumschweben, vor der Kamera lustig Wasser mit dem Mund auffangen oder den Daumen in die Luft strecken. Dazu eine bedeutungsschwere Stimme aus dem Off, die sagte: »Yan Wing Ping wird in den nächsten Monaten einige Reparaturen an der Station vornehmen.« Besser waren schon die Bilder von dem kleinen Weltraumfahrzeug, das auf Planeten herumfuhr und Steinchen aufsammelte. Aber ganz ehrlich: Das Fahrzeug sah aus wie der ferngesteuerte Jeep meines Sohnes und die Steinchen sahen aus wie – Steinchen. Das war schon toll, aber wer mit Star Wars aufgewachsen ist, hat halt irgendwie andere Erwartungen an den Weltraum.

Wasserpreise im Restaurant

Eine Flasche Wasser. Kostet: acht Euro. Darin gehört der Wirt ersäuft. Besonders schlimm, wenn man dafür eines dieser absurden Edelwasser bekommt, das Tröpfchen für Tröpfchen mit einem Silberlöffel von einem Segelflieger aus einer Wolke über der Antarktis gefischt wurde oder so. Trotzdem schmeckt es, bei allem Respekt, doch irgendwie nach Wasser.

Webergrill

Früher habe ich gegrillt und dann wurde gegessen. Heute grille ich und dann wird sich entschuldigt. Beim Rind, weil es sinnlos gestorben, filetiert und gegrillt wurde. Bei meinen Gästen, weil Salat eine Beilage, aber kein gleichwertiger Ersatz für Steak ist. Bei meinem Rasen, weil er kreisrunden Grasausfall durch Verbrennungen erlitten hat. Bei meiner Freundin, weil sie einen Trottel ihren Freund nennen muss, der sich zum 15-fachen Preis einen Grill kauft, der eine 45-seitige Bedienungsanleitung braucht, nur weil er einen beschissenen Deckel hat.

Weihnachtsansprache

Genauso wie die Neujahransprache des Bundeskanzlers wird die Weihnachtsansprache des → Bundespräsidenten normalerweise von einer Phrasendreschmaschine produziert. Aber auch wir wollen lernen, wie man auf die Schnelle eine Weihnachtsansprache zusammenstellt, falls der Redenschreiber mal Durchfall hat. Sämtliche Zitate entstammen der Weihnachtsansprache von Horst Köhler (2005).

1. Patriotische Begrüßung (»Liebe Landsleute!«)
2. Allgemeines Gelaber zu Weihnachten (»In vielen Häusern herrscht fröhlicher Trubel, in anderen geht es eher besinnlich zu.«)
3. Das Datum historisch einordnen (»Am Weihnachtsabend blicken wir auf ein Jahr zurück.«)
4. Probleme einräumen, aber besser nicht von Problemen sprechen, sondern von Aufgaben (»Deutschland steht vor einem Berg von Aufgaben.«)
5. Geduld einfordern (»Es wird Zeit brauchen.«)
6. Extrem einfache Ziele setzen (»Ein bisschen mehr Ehrlichkeit, Anständigkeit und Redlichkeit im täglichen Umgang können uns wirklich nicht schaden.«)
7. Patriotismus schüren (»Gemeinsam sind wir stark.«)
8. Mit einer allgemeinen Parole oder Platitüde enden (»Wir wollen eine Kraft sein, die zum Guten wirkt.«)

Fertig ist die Weihnachtsansprache. Ist doch gar nicht so schwer, oder?

Weihnachtsgrüße junger Familien

Bekommen Sie zu Weihnachten von befreundeten Paaren, die kleine Kinder haben, auch so komische Weihnachtspost bzw. -mails? Wo alle ein Geweih aufhaben oder eine Nikolausmütze? Und sind Sie dann auch hin- und hergerissen, weil es Sie zwar freut, dass an Sie gedacht wird, aber Sie sich fragen, warum sich die Freunde mitsamt ihrer Brut deswegen gleich zum Affen machen müssen?

Weißwein
Weißwein ist doch irgendwie die zickige Alte vom Rotwein. Wenn man sich die beiden als Paar vorstellt, wäre Rotwein ein freundlicher, graumelierter Herr, der sich gerne mit ein paar Crackern in seinem Ledersessel nach hinten lehnt. Weißwein hingegen wäre eine wahnsinnig dünne Mittelschichtlady im Kostüm, deren Pagenkopf die eingefallenen Wangenknochen hervorhebt. Sie säße am äußersten Rand eines ungemütlichen Stuhls und stocherte in ihrem Salat rum.

Wellness-Hotels
Liebe Hoteldirektoren, ein kleiner Kellerraum mit einem milchigen Whirlpool, einer Sauna und zwei Liegestühlen macht aus eurer Jugendherberge noch lange kein Wellness & Spa-Hotel.

Weltkulturerbe
Die Stadt Regensburg ist zum Weltkulturerbe ernannt worden. Verstehe mich jetzt keiner falsch: Regensburg ist eine wunderschöne Stadt. Ich liebe Regensburg, all die alten Mauern und so. Es fände auch meine uneingeschränkte Zustimmung, Regensburg zu einer der schönsten erhaltenen deutschen Städte zu küren. Aber Weltkulturerbe? Also von großer kultureller Bedeutung für die ganze Welt? Ich versuche mir vorzustellen, wie ein Weltkulturerbe-Tourist die Akropolis in Griechenland bestaunt, Venedig bewundert, vor Stonehenge in die Knie geht und dann nach Regensburg kommt. Wo geht er da hin? Zum Würstl-Toni?

Werbeflächen an Toiletten

Während des Sitzens auf einer öffentlichen Toilette bin ich relativ beschäftigt mit Klotürzuhalten, einhändig Klopapierabzupfen und dem Ausbalancieren über der Brille, damit meine Oberschenkel nicht selbige berühren. Trotz alldem fällt mir auf, dass in den meisten der Werbeflächen geworben wird für jemanden, der »Hier könnte Ihre Werbung stehen« heißt.

Werbe-Multikulti

Ist schon mal jemandem aufgefallen, dass bei fast allen Werbepostern, bei denen mehrere Personen zu sehen sind, immer auch ein Asiat und ein Schwarzer dabei sind? Wie dieses ewige Multikulti-Angediene nervt. Dieses dauernde Integrieren von Randgruppen. Dieses penetrante Angeschleime an ein Menschenbild, in dem lauter Leute mit teuren Laptops, renditeträchtigen Fonds und strahlend weißen Zähnen in der idealen Werbegesellschaft zusammenleben, in der es keine Sorgen, keine Armut und keine Kriminalität gibt, sondern nur tolle Produkte, zufriedene Kunden sowie einen schleimigen Japaner und seinen Negerspezi.

»Wer wird Millionär?«

Warum kann man zu Hause vor dem Fernseher alle »Wer wird Millionär«-Fragen beantworten?

Wetter-Erotik

Kachelmann in Ehren – aber gegen all die schönen Wetteransagerinnen hat er keine Chance. Claudia Kleinert &

Co. machen noch aus jedem Hagelorkan ein sinnliches Erlebnis. Ich habe mir mal aus einer Laune heraus überlegt, wie viele deutsche Männer zu weiblich moderierten Wettervorhersagen onanieren. Ich schätze mal 0,5 Prozent der Zuschauer (in der sexrelevanten Gruppe der 14- bis 49-Jährigen), das wären immerhin ein paar Tausend. Darüber gibt es natürlich keine offiziellen Statistiken. Die Dunkelziffer der Wetter-Wichser ist bestimmt riesig. In meiner Phantasie stelle ich mir oft vor, wie ich so eine Wetterfee gleich im Studio vernasche. Während hinter uns auf der Wetterkarte Tiefdruckgebiet Wilma über das Erzgebirge zieht, bläst sie auflockernd, teilweise sogar auffrischend aus nord-nordöstlicher Richtung, bis es bei mir zu vereinzelten Niederschlägen kommt. Das bleibt jetzt aber bitte unter uns.

Wettessen

Takeru Kobayashi verspeiste 54 Hotdogs in zwölf Minuten. Der Japaner stellte vor 25 000 Zuschauern den vom ihm selbst gehaltenen Weltrekord ein und hielt auf den Herausforderer Joe Chestnut aus Kalifornien zwei Hotdogs Vorsprung. Was hätte meine Oma dazu gesagt? »Und in Afrika verhungern die Kinder.«

Wikipedia

Wikipedia basiert auf einer phantastischen neokapitalistischen Strategie: Die User (das sind wir) generieren ihre Inhalte selber. Für lau. Man bietet den Leuten einfach eine Oberfläche und die schreiben ihr eigenes Lexikon. Noch vor ein paar Jahren hätte ich meine Bon-Jovi-CD verwettet, dass niemand so dämlich ist, unbezahlt stundenlang an Lexikonbeiträgen herumzudoktern. Aber ich habe unser Volk der Klugscheißer und Besserwisser unterschätzt. Wie Ameisen tragen sie das Wissen der Welt zusammen. Körnchen für Körnchen. Jeder darf ein bisschen an der alten Schlampe Wikipedia herummachen. Kontrolliert von tapferen Wiki-Wärtern. Nur haben böse Anarchisten ein paar Fehler versteckt: → Dieter Bohlen, durfte ich auf Wikipedia zu meinem Erstaunen erfahren, habe die »Schwerbehindertenschule« besucht, wo er »seinen ersten Vibrator« erstand. Mit 14 Jahren, so berichtet die Online-Enzyklopädie, sei Bohlen dann in die NPD eingetreten. Stefan Raab hingegen sei als Jugendlicher »Messlattendiener« gewesen. Die »Leuchtschnabelbeutelschabe« existiert nur an einem Ort auf der Welt – in der lustigen Welt von Wikipedia. Glauben Sie nicht? Nachschauen unter www.wikipedia.de. Wiki korrigiert schnell, aber löscht nie etwas.

Wochenend-Berg-Anreise-Stau

»Wir unterbrechen unsere Sendung für eine Verkehrsdurchsage ... Dideldideldiiiiidid ... Liebe Autofahrer, auf der Autobahn A 8 München–Salzburg kommen Ihnen zwischen Weyarn und Irschenberg zwei Millionen Vollidioten entgegen. Sie stehen wie jedes Wochenende im Stau ...«

Woran man erkennt, dass der neue Kollege vorher im Home-Office gearbeitet hat:

- Er nutzt den Weg vom Klo zum Schreibtisch, um seine Hose zuzumachen.
- Er bringt ungefragt den Büromüll runter.

- Trifft er Kollegen in der Küche, küsst er ihnen den Nacken.

Wortspiele

Kennt ihr ein schnelllebiges Element? Zum Bleistift Einsteinium. Das zerfällt ist einer Zehntausendstelsekunde. Das kann doch nicht Warstein. Stimmt aber! Nach einem Wimpernschlag ist nichts mehr über. Ich wünschte, alle Wortspiele wären aus Einsteinium. Tschüssikowski. Und weg wären sie.

Wundersame Knöpfe auf Fernbedienungen

Jede Fernbedienung enthält einen oder mehrere Knöpfe, deren Funktion niemand kennt (Reveal, Muting, zwei entgegengesetzt zeigende Pfeile, ein gelber oder ein blauer Knopf). Es gibt immer mehr Menschen, die glauben, dass es Dinge auf unserer Welt gibt, die wir weder wahrnehmen noch verstehen können. Vielleicht sind es Außerirdische, vielleicht sind es Engel, vielleicht sind es andere spirituelle Wesen. Womöglich hängt ihre Existenz mit den mysteriösen Knöpfen auf der Fernbedienung zusammen.

Y

YouTube

Grup Tekkan sind drei Deppen aus Rheinland-Pfalz, die weder singen noch rappen noch tanzen können. Im Rahmen eines Sozialprojekts des Jugendzentrums Germersheim haben die drei Jungtürken das Lied »Wo bist du, mein Sonnenlicht?« aufgenommen. Der Text gipfelt in sehnsuchtsvoll-melancholischer Kanakdeutsch-Poesie: »Ich vermisse deinem Aten.« Das Video fand seinen Weg in YouTube.com und von da wiederum per Kettenmail in jedes deutsche Büro (»Das musst du dir anschauen!«). Wer liebt das nicht, wenn das Mailprogramm morgens erst mal eine Stunde lang Mails hochlädt, bloß weil irgendwelche Scherzkekse glauben, es wäre wahnsinnig lustig, wenn sie saudumme Spaßvideos verschicken. Das sind oft dieselben Leute, die sich Stefan Raab anschauen und diesen Spaßmist dann auch noch als Single kaufen. Deshalb schafft es Idiotenpop wie »Wo bist du, mein Sonnenlicht?«, »Schnappi«, »Maschendrahtzaun« und »Wir kiffen« regelmäßig in die Charts.

Neben Grup Tekkan gibt es auf YouTube freilich noch Millionen anderer total sinnfreier Videos voller Trottel. Die Leute filmen sich bei allen möglichen Gelegenheiten, stellen das Zeug dann in YouTube und siehe da: Es findet sich immer noch ein anderer Trottel, der sich das anschaut. Das ist ein interessantes psychologisches Phänomen. In YouTube können wir erst mal mit eigenen Augen sehen, was wir bislang nur vermutet haben: Es gibt Leute in unserer Gesellschaft, die sind noch hundertmal belämmerter, als wir uns das in unseren kühnsten Phantasien vorstellen können. Die Reise zum Mittelpunkt der Gesellschaft.

Andrea Ypsilanti

Sie hat gelogen. Natürlich hat Andrea Ypsilanti gelogen. Ich meine, jeder Mensch lügt:

- »Ich liebe dich.«
- »Ach das, da hat mich eine Katze gekratzt.«
- »Ich benutze sonst immer Kondome.«

Wir lügen alle paar Minuten – und dann regen wir uns ausgerechnet bei einer SPD-Politikerin auf?

Wenn Andrea Ypsilanti vor der Wahl sagt, sie würde unter gar keinen Umständen mit den Linken zusammenarbeiten oder sich niemals auch nur tolerieren lassen, dann meint das nichts anderes, als wenn ein Mann zu seiner Frau sagt: »Schatz, es hat wirklich gut geschmeckt.« Oder: »Da war nur ein falscher Anrufer am Telefon.«

Das sind doch keine Lügen. Die Ypsilanti wollte nur nicht gemein sein. Sie wusste, dass viele Wähler nicht wollen, dass die SPD mit den Linken zusammenarbeitet. Deshalb wollte sie den Wählern die schlechte Nachricht ersparen. Ich sage ja auch zu meiner Frau: »Du bist nicht dick.«

Es macht doch für einen Politiker überhaupt keinen Sinn, nach der Wahl noch auf den Wähler Rücksicht zu nehmen. Denn der hat doch dann seine Stimme bereits abgegeben. Männer gaukeln den Frauen nach dem Sex ja auch nicht mehr vor, dass sie einfühlsam und kommunikativ seien.

Im Grunde sind alle nur deshalb so schlecht auf Andrea Ypsilanti zu sprechen, weil wir uns darüber ärgern, dass wir die ganze Zeit diesen moralischen Ballast mit uns herumtragen. Ich sage nur Treue, Manieren, Anstand. Wie oft habe ich schon gesagt: »Danke, Mutter, ich freue mich riesig über die gestrickten Weihnachtsstrümpfe.«

Wir sollten uns ein Vorbild an der visionären hessischen Politikerin nehmen und öfter mal sagen: »Mutti, du kannst deine beschissenen Strümpfe selber anziehen.«

Z

Ralf Zacherl
Oben Glatze, unten Bärtchen. Er heißt Zacherl – und so sieht er auch aus. Mit »richtig lecker« lobt er sich am liebsten; noch viel leckerer ist ein Zitat aus seiner Webseite: »Aus Scheiße kann ich Pralinen machen.« Nun ja, wer's mag. Ich kann übrigens aus Pralinen Scheiße machen.

Zahnhygiene
Es geht für viele Deutsche nicht mehr um Weisheit, sondern nur noch um Weißheit.

Zungenküsse unter weiblichen Prominenten
Das Lustige ist ja, dass die Welt das nur spannend und verrucht findet, solange alle beteiligten Damen ganz sicher heterosexuell sind.

Zungenpiercing
Ein Zsssssunngnppfierssssing kann tzich negathiv auf die Auzsschprache authswirken.

Wundern Sie sich auch über manche Trends und Phänomene unserer Zeit? Schildern Sie sie uns doch einfach. Zusendungen bitte an: arschgeweihbuch@googlemail.com.

Kerstin Matthies · Mariann Ludewig

Der Mann

Auswahl – Haltung – Erziehung

Originalausgabe

ISBN 978-3-548-36836-8
www.ullstein-buchverlage.de

Neben Hunden und Pferden gelten Männer als die beliebtesten und lernfähigsten Begleiter der Frau. Bei der Anschaffung eines Mannes kommt es jedoch auf eine wohlbedachte Wahl und die richtige Haltung an. In diesem Leitfaden erfahren Sie u. a.

- welcher Typ Mann zu Ihnen passt
- was für Erziehungsmethoden es gibt
- wie Sie Ihren Mann stubenrein machen
- womit Sie ihn am besten füttern
- und wie Sie verhindern, dass er den Postboten anfällt.

Das ultimative Männer-Erziehungsbuch für alle Frauen, die die Absicht hegen, sich einen »homo sapiens« zuzulegen.

»Ultralustig!« *Joy*